痴漢されそうになっている S級美少女を助けたら 隣の席の幼馴染だった5

ケンノジ
Illustration フライ

「にーに、美人に囲まれながら花火見れてよかったね」
名前：高森茉菜《たかもりまな》
年齢：15歳
学年：中学3年生
身長：165センチ
高森家の家事全般を担当するギャルな見た目の兄想いな妹ちゃん。

「諒くんは、見る目がある？」

痴漢されそうになっている
S級美少女を助けたら
隣の席の幼馴染だった５

ケンノジ

GA文庫

カバー・口絵　本文イラスト
フライ

① 撮影と夏の日常

学祭用の自主映画は、少しずつだけど進行をしていた。

ミンミンと騒がしいセミの声も一層激しさを増しているような気がする八月上旬。

世間では夏の甲子園《こうしえん》がはじまったり、各地域で花火大会が催《もよお》されたりしている。

俺《おれ》は今映画のオッケーシーンを鳥越《とりごえ》と確認していた。

演者はさっき教室の暑さに悲鳴を上げて、図書室のほうへ涼みに行ってしまった。

隣で鳥越がハンディ扇風機を使い、ヴィーンと自分に風を送っていた。

普段物静かなこの鳥越が、映画の脚本を担当してくれた。

それもあってか、映画の内容にかかわる部分は、鳥越に相談することが多い。

「なあ、伏見《ふしみ》がここのセリフ、ちょっと変えたけど、鳥越はどう思う？」

「私は気にならなかったかな。高森《たかもり》くんは？」

「俺も。問題なし。意味が違ったり今後の展開に差し支えるならちゃんとしてもらうけど、そこまで影響はないだろう」

「うん、同感」

きっぱり意見を言ってくれるので、鳥越が案外頼りになる。

海辺でのシーンを撮ったときは、それで伏見とぶつかったこともあるけど。

鳥越とは春まで物理室でこっそり昼休憩を過ごす相手でしかなかったのに、意外な一面だった。

「諒《りょう》くーん、しーちゃん。ワカちゃんがアイスキャンディ差し入れしてくれたよ。職員室にあるから、一本もらっていいんだって」

映画の主役をやる幼馴染《おさななじみ》の伏見が教室に顔を出した。

こいつが撮った映画を学祭で流そうと言った言い出しっぺだ。

少し前は、受けていたミュージカルのオーディションに落ちたことが原因で、撮影を休んだこともあったけど、それももう大丈夫なようだった。

「ワカちゃん、マジかよ。太っ腹」

ワカちゃんっていう担任の若田部《わかたべ》先生のことだ。

「一旦《いったん》休憩にして、アイス食べよう」

鳥越の提案に俺も賛成し、教室を出て伏見を加えて職員室へと向かった。

「ヒメジちゃん、今日は来れないんだっけ？」

鳥越がどちらともなく尋ねた。

ヒメジこと姫嶋藍《ひめじまあい》。俺のもう一人の幼馴染だ。

「あー、うん。稽古があるみたい」

「いいなぁー、藍ちゃん。いいなぁー」

ぶぅぶぅ、と伏見は唇を尖《とが》らせた。

伏見が落ちたオーディションは、たまたまヒメジも受けており、伏見もヒメジも最終審査に残り、ヒメジが審査に通った。

ヒメジは、元々アイドルグループで活動していただけあって、華がある容姿をしている。歌も上手《うま》い。けど、演技はまだまだ勉強中。

それでも合格したのは、製作側も色々と考えていることがあるらしい……っていうのは、こっそり聞かされた。

俺が見たところでは、演技は伏見のほうが全然上手く感じる。

ヒメジが時々来られなくなり、スケジュール変更を余儀なくされたため、このことはクラスメイトに説明をしていた。

「こっちの撮影どころじゃなくなるんじゃない？」

心配そうな鳥越に、俺は首を振った。

「こっちも手は抜かないし、合間を縫《ぬ》って撮影は参加するみたいだから大丈夫」

「そっか。ひーな、惜しかったね」

「んもう、そうなの、そうなの！　でも密《ひそ》かに、あの中ではわたしが一番だったんじゃないかって今でも思ってるけどね」

ふすん、と不満げに鼻から息を出す伏見。

落選の話は、もう開けっ広げに言っていた。

本人の中でその件は一段落したってことなんだと俺は思っている。

「ひーな。そういう過剰な自信が足をすくったのでは」

「しーちゃん傷口に塩塗らないで」

くすっと鳥越が笑うと真顔だった伏見も表情を崩した。

アイスを手にしたクラスメイトとすれ違い、エアコンが効いた職員室に俺たちは入った。

併設されている給湯室のところに何人かクラスメイトが見えたので、そちらに行くと、そこにある冷凍庫の扉を開けて、どれにするか選んでいた。

ワカちゃんが差し入れで買ってくれた色とりどりのアイスキャンディ。

味がいくつかあった。

「諒くんは、イチゴでしょ?」

「何で?」

「だって、夏祭りのかき氷は毎年イチゴ味だったから」

「そうだっけ」

たしかに好きだけど、レモンやメロン、ブルーハワイだって好きだ。

「幼馴染フィールドを展開して私を除《の》け者にしようとしないで」

鳥越が伏見にクレームを入れた。

「そんなつもりないよ。しーちゃんは何味派？」

「私は、レモン」

「いいね、レモン。わたしも」

レモン派同士で熱い握手を交わす二人。

「あれって、色が違うだけで中身は一緒なんだろ？」

って、雑学系のテレビで言っていた。

「そんなわけないじゃん。ちゃんとレモンの味するもん」

「一説にはそう言われているらしいぞ」

「……高森くん、得意げに雑学披露しても、種明かしされたこっちはテンション下がるだけだから」

「……ごめんなさい」

いや、テレビで言ってたってだけで……。

鳥越の毒気のあるコメントは、こうして俺や伏見にも向けられることが多々あった。

クラスメイトが去り、差し入れのアイスはグレープ味を選んだ。

イチゴ味もあったけど、「やっぱりイチゴ好きなんだね」って言われるのも癪《しゃく》だったので、

それはやめておいた。

「やっぱりレモン！」

と、伝説の剣を引き抜くかのような大げさな動きで、伏見が冷凍庫からアイスを取り出す。

「私メロン」

さっと取り出した鳥越は、何の感慨もなさそうで、フィルムをさっとゴミ箱に捨てて、さっそくかじりはじめた。

「レモンじゃない――!?」

「いいだろ、別に。ほっといてやれよ」

「好きだからそれしか選ばないってどうなんだろう。視野狭窄《きょうさく》なんじゃないの、ひーな」

「うぐ……。レモン一辺倒《ぺんとう》のわたしをディスってくる……」

そんなつもりは鳥越本人にはなさそうだ。

シャクシャク、とアイスを美味《おい》しそうに食べている。

俺もフィルムを取り外しゴミ箱に捨てた。

歯先に触れたひんやりとしたアイスの冷たさ。

嚙《か》むとグレープの味が口に広がった。

アイス、うま。

「あと三本、頑張って撮影しよう」

俺が言うと、おー、と伏見がアイスと一緒に拳《こぶし》を突き上げた。

今日の撮影が終わり、俺と伏見が最寄り駅に帰ってくると見慣れた後ろ姿を見つけた。

「おーい、ヒメジ」

俺が呼ぶと、ヒメジはくるりとこっちを振り返った。

大学生と言っても差し支えがないような大人っぽい私服を着ている。

ヒメジは小学校の途中まで、俺や伏見、妹の茉菜《まな》ともよく遊んでいた。

向こうでいつの間にかアイドルになっていたヒメジは、体調不良で活動を休止し、俺たちの学校へ中途半端《ちゅうとはんぱ》な時期に転校してきた。

「あ。諒と姫奈《ひな》。今帰りですか?」

「撮影が終わってちょうどさっき着いたんだ」

伏見はというと、俺の後ろに隠れてヒメジに恨めしそうな視線を送っている。

「何ですか、姫奈。言いたいことがあるならどうぞ」

ドヤ顔のヒメジが伏見に手を差し向けた。

「悔しいよう……藍ちゃんなんて、演技は下手っぴなのに」

またはじまった。

「すみません、私、持っているモノが演劇をかじっただけの方とは違うので」

「うぐぐ」

今にもハンカチを噛みそうな伏見だった。

「すぐマウントを取るのはやめろ」

ヒメジも当初は落選のことに触れないようにしていたけど、伏見はそのちょっとした気遣いのようなものが嫌だったらしい。

自分から少しネタっぽく（まあ半分は本音なんだろうけど）、悔しいとか本当は自分のほうが上だった、とか、ヒメジをはじめ、鳥越や俺にも言うようになった。

「藍ちゃん。映画、仕上がったら大変なことになるんだから」

「どうしてですか？」

「わたしが上手すぎて、ライバル役の藍ちゃんがいかに大根か際立《きわだ》つよ？　そりゃもう、際立つよ～」

「マウントを取り返そうとすんな」

この手の小競り合いは、二人にとっては毎度のことだった。

挨拶《あいさつ》みたいなマウントの取り合いが終わると、俺たちは駅舎を出て歩きはじめた。

今日の撮影の話だったり、ヒメジのスケジュールを再確認したり、舞台稽古で知り合った人の話だったり、色々と話すことは多かった。

「私の夏休みが、いつの間にかハードスケジュールになっています」

「代わってあげようか？」

「結構です」

ヒメジと伏見がこの話を笑顔ですると、微妙に怖いんだよな……。

スケジュールといえば、俺もバイトがいくつか入っている。

ヒメジに紹介してもらった事務所での社長付きの雑務の仕事だ。

そういや、社長の松田《まつだ》さんには、伏見に事務所のことをステマしておいてくれって言われてたっけ。

松田さんは、映像のプロってわけではないけど、俺が作った映像に対して何かしらアドバイスをしてくれるそうなので、近々まとめたものを見せよう。

「じゃあ、藍ちゃん。明日の撮影よろしくね」

「ええ。こちらこそよろしくお願いします」

「じゃあな」

簡単な挨拶を交わし、俺たちはヒメジと別れた。

「諒くん、バイト忙しい？」

「それなりに」

「いつの間にかはじめてるんだもん。びっくりしたよ」

バイトのひとつやふたつ、夏休み中の高校生ならはじめていても珍しくないだろう。

「一言くらい教えてほしかったな……」

伏見は拗《す》ねたようにつま先を見つめる。

「藍ちゃんの伝手《つて》でしょ？」

「うん。たまたま人出がほしかったみたいで」

「毎回藍ちゃんとバイト終わりに遊んだりする？」

「しねぇよ。俺がバイトの日だからって、事務所に毎回顔を出すわけじゃないから」

ふうーん、と伏見は半目をする。

何をそんな疑ってるんだよ。

機材を借りた帰りに一回だけあったけど。

「あ。伏見もバイトをしたい……？」

という可能性もある。

「違いますぅ」

むう、と伏見が膨れてしまった。

「あ、藍ちゃんは、まだ全然芸能人ってわけじゃないからね⁉」

「知ってるよ、そんなこと」

「アイドルやってたみたいだけど、それはそれで、もう辞めちゃったって話だからね」

「知ってるって」

「わたしのほうが、お芝居上手なんだから！」

「それも知ってる」

むむむぅ、と伏見は困ったように眉根《まゆね》を寄せている。それから、何かにはっと気づいた。

「し、しーちゃんとは、遊んでる？」

「鳥越？　全然」

「そ……そっか、そっか」

ほう、と伏見は安堵《あんど》のため息をこぼした。

何の確認をされてるんだ、俺は。

「……宿題はしてない」

「うん。でしょうね」

俺の進捗《しんちょく》状況なんて伏見には想定内だったらしい。

伏見の斜めに思われた機嫌は、伏見家に着くころには水平に戻っていた。

「また明日ね」

「うん。またな」

手を振って、俺は徒歩二分ほどの帰路を歩き、帰宅した。

機材を明日忘れないように玄関に置いていると、「にーに、帰ったらただいまでしょ」と物音で気づいた妹の茉菜が顔を出した。

「うい」

「うい、じゃなくて。もー」

呆《あき》れる茉菜が穿《は》いている部屋着用の短パンはめちゃくちゃ短い。

暑いからとがっつり脚を出しているし、上はキャミソール一枚で、家では下着プラスアルファ程度の布面積だった。

着替えずリビングでくつろごうとしていると、茉菜が以前好きだと言っていた芸能人の訃報《ふほう》を教えてくれた。

「めっちゃショック……にーに、あたしを慰めて」

「気にすんな」

「下手かよっ」

即座にツッコまれたけど、茉菜はおかしかったらしくケラケラと笑った。

「下手すぎ。ウケる」

「そんなつもりはなかったんだけど、元気出たみたいでよかったよ」

「んでもさー。思った。いきなりいなくなっちゃうってこと、全然あるんだよね」

不慮の事故で亡くなれば、そうなるんだろうな。

「だからさ、言いたいことは、言えるうちに言っておこうって」

言えるうちに言っておく、か。

言えるってことが、当たり前じゃなくなるってことだもんな。

真《ま》っ先《さき》に、伏見のことが思い浮かんだ。

撮影の話や学校の話、友達の話……交わした約束の話……種類はたくさんある。

「今日と同じ明日が来るとは限らないんだよ、にーに！」

名言風《ふう》なキメ顔をして茉菜が言った。

「うわ、めっちゃ響いた」

「絶対嘘《うそ》じゃーん！　超棒読みだったし！」

いたずらっぽく怒ってみせると、べシッと俺を叩《たた》いた茉菜はキッチンのほうへ行った。

俺はリビングへ向かい、ソファにどっかと腰かける。

さっき、伏見がいるからヒメジに切り出せなかったことがあった。

『アイカちゃんのためにも、あの子の恋人になってほしいの』

松田さんは、先日俺にこんなお願いをしてきた。

バイトの雇用主でもあるし、色々とお世話になっている松田さんだけど、そうですね、僕でよければ――なんてふたつ返事ができる内容でもない。

ヒメジはこのことを知ってるんだろうか。

すでに聞いていて、松田さんに了承したってことなんだろうか。

顔を合わせたときに直接話そうと思ったけど、ヒメジが忙しくなりなかなか叶《かな》わないでいる。

ヒメジが俺に直接頼んでくるのなら、百歩譲ってわからないでもない。まあ絶対に性格上そんなことはないだろうけど。

松田さん曰《いわ》く、恋愛を経験すれば今後演技の幅が増えたり引き出しができたりするとのこと。

それってもう、打算ありきで、完全に好きとかどうこうじゃないもんな。

でも、もしかすると、俺が考えすぎなだけなのかもしれない。

松田さんの要望を受け入れたとして、最初はそんなつもりがなくても、関係を深めていくうちに好きになるのなら、それでもいいんだろうか。

そういう関係や「好き」もあっていいのかもしれない。

結果的に好きになれるっていうのが前提だけど。

松田さんはヒメジのためとは言うけど、それって本当は自分のためなんじゃないのか。

② 鳥越の事情

俺《おれ》が持つ買い物かごに鳥越《とりごえ》がお菓子を入れた。

「あとはジュース」

「小さいやつでいいよな」

「うん」

撮影が終わった昼過ぎ。

俺たちは、学校から最寄りのスーパーで、今度使う小道具でもあるお菓子とジュースを買おうとしているところだった。

買い物が終われば、これを学校まで持って行く。ジュースは職員室の冷蔵庫に少しの間だけ入れさせてもらうように話をつけていた。

冷蔵食品のコーナーの近くには、安売りされている炭酸飲料や水やお茶などがたくさんおいてあった。

この近辺は冷気が漂ってくるのでひんやりしていて、この季節だとずっとここにいたくなる。

「適当でいい？」

ペットボトルを摑《つか》んだ鳥越が訊いてくるので、俺はうなずいた。

撮影が終わったあとは、たぶん飲むことになるんだろう。

撮影は、シーンでいうと三分の二を過ぎていよいよ佳境といったところだった。

モブやエキストラ役のクラスメイトたちも、撮影慣れをしてきて当初の変な緊張感もずいぶんなくなっていた。

「あ――！　高森《たかもり》くん、こっち――」

「え」

「早く」

「は？　何」

鳥越が俺の袖《そで》をぐいっと摑んで引っ張る。

わけがわからずその場で首をかしげていると、眼鏡《めがね》をかけた中年女性がずんずんとこちらへ近寄ってきた。

その人は険《けん》のある眼差《まなざ》しでこちらを一瞥《いちべつ》し、俺の背後にいる鳥越に目をやった。

「静香《しずか》。何をしているの。こんなところで」

「何って…………買い物、だけど」

眼鏡の人の目元が、どことなく鳥越に似ている。

同じようにスーパーの買い物かごを手に持っているあたり、買い物に来た鳥越の母親ってところかな。

「変なことしてないで、夕飯までにはきちんと帰ってくるのよ」

「わかってるって」

会話の内容からして、俺の予想はほぼ当たりだとわかった。

けど、昼間にスーパーでお菓子とジュース買っているだけで、そんなに突っかかってこなくても、とつい思っちまう。

あと、何だろう、鳥越母の俺を見る目が、害虫とか蚊を見るのと同じ目っぽいんだよな……。

「い、行こう。高森くん」

「え。ああ、うん」

袖を鳥越が強く引っ張るので、俺は母親らしき女性に小さく会釈《えしゃく》をして鳥越の後ろを歩いた。

「さっきの人、お母さん？」

「うん。普段ここらへんのスーパーに来ないから油断してた」

最寄りのスーパーではないけど、安売りされているものによっては来ることもあるらしい。

「鳥越んちって厳しいの？」

撮影のことをどう言っているかわからないけど、学校終わりに買い食いしようとしているって思われたんだろうか。

もしそうなら、高校生の買い食いくらい許してほしいところではある。

「どっちかっていうと厳しいほうかも……門限とか、うるさいから」

それに比べて、うちはフリーダム。

遅くならないように、っていうふんわりとした縛りがあるくらいで、連絡をきちんとしていれば、どこで何をしていても、母さんから咎《とが》められることはない。

それは仕事で家を空けることが多いからだろう。

連絡を怠ったときは、母さんよりむしろ茉菜《まな》のほうがうるさいくらいだ。

鳥越母がさっきの場所からいなくなったのを確認すると、俺たちは戻ってペットボトルのジュースをまた一本かごに入れた。

「……映画の話がまとまったとき、夜遅くに押しかけちゃったでしょ」

「ああ。うん。あのときか」

「実は、お母さんにはバレてて、それ」

「マジか。ってことは、深夜に家に帰ったのも……？」

「うん。知ってる」

バレちまったのか。

どうしてさっき、鳥越母に蚊を見るような迷惑げな視線を送られたのか、なんとなくわかった。

「私は学祭で流す映画の打ち合わせって、あとできちんと言ったんだけど、それならどうして最初から言わないの？　って、すっごい怒るんだ。あらかじめ言っていたとしても、あの時間には外出させてくれないと思うけど」

「もしかして……変な男と付き合っているからウチの静香が不良になった……とか」

「たぶん。口にはしないけど、疑っていると思う」

何も言わず夜に家を出ていって、深夜の一時二時頃《ごろ》、こっそり帰ってくる——。

家ではどうかわからないけど、鳥越のキャラを考えればこれまではありえないことだろう。

「悪の道に鳥越を引きずり込んじまったみたいで悪いな」

「ううん。気にしないで。お母さん、ちょっと神経質なところがあるから」

予算と書かれた茶封筒の中からお金を払い会計を済ませると、レジ袋に買ったお菓子とジュースを詰め込み、スーパーをあとにした。

刺すような紫外線に辟易《へきえき》しながら、俺たちは並んで学校までの道を歩く。

「俺が一回ちゃんと謝ったほうがいいんじゃないの」

「いいよ、そんなのしなくて」

「お宅の静香さんは実に真面目《まじめ》で……って」

「いや、家庭訪問じゃないんだから」

くすっと鳥越は控えめに笑った。

「まあ冗談はさておき。鳥越、変なことしたってお母さんに思われてるんだろ？」

夏休み前。密《ひそ》かな外出。時間は夜。男の影。深夜にこっそり帰宅――。

変なことをしているって邪推《じゃすい》するのも無理はないと思う。

「きちんと謝った上で、俺からも何にもない関係だってことを説明したほうが」

「……何にもないってことは、ないでしょ」

上目遣《うわめづか》いで鳥越は俺をちらりと見る。

「え？　いや多少はあるよ。そりゃな。ええっと、今俺が言いたいのは」

くすくす、と鳥越は吐息のような笑いをこぼす。

「ごめん。からかった」

「おまえな……」

「言いたいことはわかるよ。セックスするような関係じゃないってことでしょ？」

「女子から直球で言われると、なんか腰が引けるな……」

男子でもあんまり口にしねえんだよ。セックスって単語。

「ともかく、真面目でいい子の鳥越は、俺こと悪い男に呼び出されて、いやらしいことをしてこっそり深夜に家に帰ったんじゃないかって疑われてるんだぞ」

「誤解だから放っておいていいよ。お母さんは、私のことを心配しすぎ。趣味のこともそうだし、友達がいないことも、心配してるみたいだし……なんか過保護っていうか」

趣味……？

「まさか、び、BL好きがバレたのか……?」

「それはバレてない」

きっぱりと否定された。

「その手前のところ。読書ばっかりしてることとか、ね。お母さんからしたら、普通には思えないみたいで」

前々から心配している読書好きで引きこもり気味の娘(友達少ない)が、高二の夏休み前に夜遊び(仮)をしはじめた――となれば、ますます心配になるのもわからないでもない。

「マジでちゃんと言ったほうがいいんじゃないの。家でもお母さんの風当たりキツいんじゃないの?」

前科があると余計に警戒されるだろうし、口うるさくも言われるだろう。

「高森くんに関係ある?」

「あるだろ。俺が終電を全然気にしてなかったばっかりに」

「それは私のミスでもあるよ」

俺は、個人的に撮りたい映画の出演を鳥越にお願いしている。

まだ了承をもらってないけど、今後門限が厳しくなれば、どちらの撮影にも差し支えることがあるかもしれない。

あと、それ以上に……。

「真面目で頑張り屋な鳥越が誤解されている状況は、俺としては釈然としないっていうか」

鳥越が目を伏せた。

「あ……ありがと。……ついでにもう一個言うと、海に行ったときも怒られてマス。帰り遅かったから」

駅で別れたのが夜の八時とかそれくらいだったっけ。

「遅くなるって一言言っておけよ……遠くの海に行ったんだから」

「教えたら、ああだこうだ条件つけられて、結果的に行けなくなると思って。それは嫌だったから」

俺の終電逃しのミスもある。提案したのは伏見《ふしみ》と鳥越だったけど、最終的に遠くの海で撮影しようと決めたのも俺だ。

だから正直、責任を感じないでもない。けど、連絡を怠ったのは鳥越本人だからなぁ……。

考えた末に、俺は鳥越に約束を持ちかけた。

「鳥越、ひとつ約束してほしい」

「何の？」

「これからでいいから、面倒くさがらずに、親にちゃんと説明すること」

俺が真顔で言ったのがおかしかったのか、鳥越が笑みをこぼした。

「なんか、あんまり真面目じゃない高森くんに言われても説得力ないね」

「悪かったな」

「うん……わかった。心配してくれて、ありがとう。今後はちゃんとする」

悪の道に引きずり込もうとしているわけじゃないけど、俺がどんな人間かわからない親からすれば、不安に思うのは当然なのかもしれない。

けど、今後は夜遅くまで撮影したり遊んだりすることはないから大丈夫だろう。

「夏祭り、みんなで行くしね」

あ、そうだった。

きちんとしておかないと、鳥越が小学生みたいな門限にされるかもしれない。

学校に戻ってきた俺たちは、職員室の冷蔵庫を借りて、そこに買った飲み物を入れた。お菓子は、ロッカーに入れておいた。すぐに校内をあとにして、駅までの道を辿《たど》る。

「学祭映画じゃなくて、俺の個人映画の件だけど。鳥越だけなんだ。主役がハマるの」

改めてお願いをしてみると、前とは態度が少し変わっていた。

「ううん。どうしようかな」

前は門前払いだったのに。

「お願いします。出てください」

ビシッと俺が頭を下げると、ううん、と迷うように鳥越は唸《うな》る。

「内容をもっと詰めたほうがいいかもね。そうしたら、イメージが変わって私じゃなくなるかもしれないし」

「一理ある」

その通りすぎる。俺ですら内容をふんわりと考えているだけで、脚本っぽいものも何もできていないのだ。

「あ、あのさ……よかったら、今度うちで打ち合わせする?」

隣を歩く鳥越が、ちらりとこっちを盗み見る。

目が合うとさっとそらした。

「え? うちって」

「わ、私の家」

◆鳥越静香◆

高森くんとは駅で別れた。

「さ、誘っちゃった……」

夏の陽気が私を解放的にさせたんだろうか。

それとも、熱気でネジがゆるんでしまったんだろうか。

電車に乗った高森くんが、窓の外に見える私に小さく手を上げた。こっちに気づいてくれる。

軽く反応してくれる。それだけで胸が甘く軋《きし》んだ。

私が口走ったセリフと高森くんの反応を思い返すと、今さら膝《ひざ》がちょっとだけ震えてくる。

個人映画の相談にかこつけて家に招くなんて、ペットをダシに異性を連れ込もうとしているスケベなヤツみたいだ。

……下心がないと言えば、嘘《うそ》になってしまうんだけど……。

でも、そんな人間にはならないだろうと私は自分で思っていたのに。

「ううう……何で、あんなことを」

若干自己嫌悪。

駅舎の中にあるベンチに座って、私は頭を抱えた。

高森くんは、

『あ、いつも俺んちでやってるから悪いなってこと？　……そういうことなら、じゃあ、お邪魔させてもらおうかな』

って、微妙にズレた解釈をしつつ、誘いに応じてくれた。

たしかに高森家にいつもお邪魔していることを何とも思わないわけじゃないから、間違ってはいない。

だからそのまま高森くんの解釈を訂正せず、曖昧《あいまい》に濁して、約束を取りつけた。

別に俺んちでよくね？　って跳ね返されるかと思ったら、受け入れるなんて予想外すぎる。

携帯を触り、『シノ』のアイコンをタップ。

シノこと親友である篠原美南《しのはらみなみ》の連絡先だ。

私は画面に表示されている通話ボタンを押した。

『もしもーし？　しーちゃん、どうかした』

「みみ、みーちゃん！」

『え、何、どしたのよ。落ち着きなさいよ』

私の声に異常を感じたみーちゃんは、どうどう、と私を制した。

「さ、さっきのことなんだけど――」

私は高森くんとのやりとりの一部始終をみーちゃんに伝えた。

『……つ、ついにしーちゃんが大人の階段をのぼって……』

「そ、そういうんじゃなくて。そういうんじゃなくて。そういうんじゃないんだってば」

同じ言葉を三度繰り返し、きちんと否定した。

『そう？　下心がないと家に呼んだりしないと思うけれど』

「ううう…………はい……」

きゃー！　きゃー！　と耳元でみーちゃんが黄色い悲鳴を上げている。

駅舎の中で、私、何を話してるんだろう。

もう顔が熱い。

『どどどどどど、ど、ど、どうするの？』

今度はみーちゃんがテンパりはじめた。

「そ、それを訊こうと思って。みーちゃんは、高森くんと一応付き合ったことがあるわけでしょ。自分の部屋に入れたことある？」

『あ、あるわよ。そのぉ……、ちゃんと恋人したわよ』

恋人した――？　どういう意味だろう。恋人がするようなことをしたってことかな。

「何したの」

『ご想像にお任せするわ』

……ああ、特別なことは何もしてないな、この様子は。

おほん、と咳払《せきばら》いが聞こえ、みーちゃんが話を仕切り直した。

『タカリョーが家に来て部屋に上げます。二人きりの密室です。――場所は文字通りホーム。……これはもう、獣になるしかないのでは』

「し、しかないの⁉　ほ、他に選択肢は……」

『ないわ』

きっぱり言われた。

『どの道、どこかで覚悟を決めるしかないと思うわ。タカリョーはアレだし……なんていうのかしら、恋愛感覚が小学生以下だから』

同感。同意以外ない。

『攻めの一手しかないわ。しーちゃん、あなたは「香車《きょうしゃ》」よ』

「キョーシャ?」

『将棋《しょうぎ》の駒《こま》。通常時はまっすぐにしか進めない駒よ』

「……前進するしかない、と」

『ええ。脇《わき》にそれることも後退も許されないわ』

脇にそれることも後退も許されない……。

頭の中でその言葉を反芻《はんすう》してみた。

きっちりと一度フラれている私には、ぴったりかもしれない。

「どうしたらいいんだろう」

『しーちゃん、ネットで検索すれば最大公約数みたいな回答を得られるから、そっちを参考にしたほうがいいかもしれないわ』

親友は早々にさじを投げた。

やっぱり、みーちゃんは高森くんを部屋に上げたことはあるけど、たぶんそれだけで終わったんだろう。もしかすると、部屋に連れてきたこともないのかも。

「そうだね。一度検索してみる」

『順序なんてどうだっていいのよ!　それを胸に刻んで!』

ううん、説得力ないなぁ。

『伏見さんとは仲がいいと私は自分で思っているけれど、もしどっちかしか幸せになれないなら、私はしーちゃんを選ぶわ』

「みーちゃん、ありがと。わ、私、頑張ってみる」

『うん。おうちデート、頑張って。それじゃ』

こうして親友への相談を終えた。

おうち、デート……。そ、そっか。そういうことになるんだ。

「おうちデート……」

口に出してみると、耳にするより何倍もくすぐったい。

私はベンチに座ったままアドバイス通りネットで検索してみた。

【男子　はじめて　部屋にくる】

ネット記事のまとめサイトなどが見つかり、もはやマニュアルとしか思えないような指南記事が目に留まった。

部屋は片づけましょう、清潔にしておきましょう、という、当たり前でしょそれ、というものからはじまり、服装やムードの作り方などが書いてある。

「ムード作り……で、できる気がしない」

その前に服装だ。

一張羅《いっちょうら》ではないにせよ、家で着ていても不思議でない程度のちゃんとしたもの、と書いてあった。

「抽象的すぎない？」

攻めるのなら、可愛《かわい》い系の部屋着もオッケーとあった。

その商品と通販サイトのリンクが張られている。

ウサギを模したものみたいで、ふわふわでもこもこの生地のパーカーとショートパンツだった。フードには耳がついている。

「うわ。あ、あざとっ……」

自分が着ているところを想像して目まいがした。

「ひーなは、普通に似合いそう」

脳内のひーなを想像するだけで、めちゃくちゃ可愛いのがわかる。

あ、ダメだ、頑張れる気がしない。

また頭を抱えていると、メッセージを受信した。高森くんからだ。

『明日は撮影休みだし、時間あるけどどう？』

「明日⁉」

思わず声が出てしまった。

言い出しっぺだけど心の準備が全然できていない。

あ、でも明日は難しいって言うと、次はいつになるんだろう。
高森くん、気が変わらないかな。
私も私で、今日のことをうやむやにしてしまわないだろうか。
「私は香車……私は香車……脇にそれることも後退も許されない……」
ぶつぶつとつぶやいて、返信を入力し覚悟が揺らがないうちに送信した。
『いいよ。午前中くらいからはじめよう。お昼は食べていけばいいよ』
こ、これはかなり攻めたのでは！　これは香車。間違いなく香車。
高森くんからの返信は早かった。
香車ムーブを決めた私がドキドキしていると、すぐに携帯が鳴った。
『了解。家出るころにまた連絡する』
明日、高森くんが家にくる――。
私は財布の中を確認した。
「と、とりあえず、服とか買いに行こう……」

③ 家出

撮影が休みの今日。

カンカン照りの中、俺《おれ》は鳥越《とりごえ》家へとやってきていた。

この前は深夜だったからわかりにくかったけど、鳥越家は少し古めの一軒家で家族が長く住んでいることを思わせた。

伏見《ふしみ》家や姫嶋《ひめじま》家以外の女子の家って、ほぼはじめてだ。

昼飯も食べていっていいと鳥越は言ってくれたけど、幼馴染《おさななじみ》の家以外で食事をするのも記憶にある限りじゃはじめてだった。

手土産、水ようかんだけど大丈夫かな。

何度も行き来している仲なら手土産なんて要らないんだろうけど、母親が俺に対してあれだと、やっぱり何かあったほうがいいだろう、という判断だ。

紙袋に入っている水ようかん。

用意したときはばっちりって感じだったのに、今中を覗《のぞ》くと、なんだか頼りなく思えてしまう。

　ガチャッ、と扉の向こうから足音が聞こえてきた。


「緊張するな……」

　俺が意を決してチャイムを鳴らすと、どたばた、と扉の向こうから足音が聞こえてきた。

　がちゃり、と開くと、小さな女の子が顔を出した。

「あ、あの、ええっと」

　敬語？　敬語でいい、のか？　ちっちゃい子だから、別にいいのか？　てか鳥越は？

　本人が出てくるもんだとばかり思っていたから、何て言っていいのかまるで用意していなかった。

「とりご……静香《しずか》さん、は……」

「しずかちゃん、いま、あっち」

　と、女の子は家の中を指差す。

「あっ、何で⁉　くーちゃん、ちょっと！　何で勝手に出るの！」

　鳥越の声が聞こえ、俺はほっと胸を撫《な》で下ろした。

　同じようにばたばた、と足音が聞こえると、ようやく本人が顔を出す。

「い、いらっしゃい、高森《たかもり》くん」

　慌てていたせいか、少し乱れた前髪を手でささっと直した。

「なんか、タイミング悪かったみたいだな」

　鳥越の太ももにくっつく小さな女の子に俺は苦笑した。

鳥越が着ているのって、たぶん部屋着ではない、よな……？

ちなみにうちの妹様はショートパンツの頭にベリーがつくような、股関節が見えそうな脚丸出しのものを穿《は》いている。

けど、鳥越の服装はピンク系のフレアスカートに紺色のノースリーブのブラウスを着ていた。

「妹が勝手に出ちゃって。驚かしてごめん」

「ううん。気にしてない」

俺が首を振ると、妹が鳥越を見上げた。

「しずかちゃん、きょう、どこかいくの？」

「行かないよ」

「よそいく、ふく、きてる」

「……………ううん違うよいつも着てるから」

鳥越の声が一気に低く、そして早口になった。

「だれ、このひと」

「ええと、お姉ちゃんのお友達。あ。ちゃんとご挨拶《あいさつ》した？」

「した」

このちびっ子、さらりと嘘《うそ》をついたな？

そういや、四人兄弟だって話だったな。

俺《おれ》が不思議に思っていると、鳥越が教えてくれた。

名前は胡桃《くるみ》。四歳。一番下の妹らしい。

そのくーちゃんは、くりくりの目でじいっと俺を見つめている。

どう反応していいかわからず、笑顔を作るとさっと踵《きびす》を返して廊下をとてとてと走っていってしまった。

「あ、上がって。古い家だけど」

「うん」

お客さん用に用意してあるスリッパを借りて、鳥越の案内に従って階段を上がっていく。

「鳥越、今日このあとどっか行く用事でもあった？」

「え？　どうして？」

「余所《よそ》行きの服じゃないの、それ」

「……違ウ。部屋着ダヨ」

何で片言に。

「家族はお昼過ぎまでくーちゃん……胡桃と一階にいるおじいちゃんの二人だけだから、気を遣わなくても大丈夫だよ」

「そっか」

母親がいないのは、俺としても気が楽で助かる。

鳥越はしなくていいって言ったけど、やっぱり一言挨拶《あいさつ》はしておいたほうがいいような気がする。

「あの。うち、古いから、暑いと思うけど」

「いやいや、全然。高森家と大差ないから」

「ならよかった」

階段をのぼる鳥越の白い脚がちらちらと目に入る。

いつぞや出口《でぐち》が言ったように、たしかに細い。インドアだけあって、日焼けしていない肌も白かった。

これ以上視線を上げると腰からやや下が目に入るので、俺は自分の足下だけを見て階段をのぼっていった。

「お母さん、どんな感じ?」

鳥越家へ遊びに来たわけじゃなく、メインは鳥越母に会って話をすることにあったりする。

「友達が来るって言ったら、嬉《うれ》しそうだった」

「おぉ」

けど、この前の反応からして、俺が来るってわかって嬉しそうにするだろうか。

もしや鳥越……誰《だれ》が来るのかは濁しているんじゃ……?

二階の一番奥の部屋が鳥越の部屋らしく、中に案内してくれた。

六畳ほどの簡素な和室で、ベッドと大きい本棚、勉強机と椅子くらいしかなく、なんとも「らしい」部屋だった。

和室っていうのが、なんか鳥越っぽさが出ている。

廊下とは違い、エアコンが効いていてかなり涼しかった。

俺が来る前から準備してくれていたようだ。

「あ、あんまり見ないでね」

「エロ本探そうってわけじゃないから安心してくれ」

「ないから。そんなの」

タイミングがわからなかったので、俺は紙袋の水ようかんを渡した。

「これ、その、あれのやつ」

「何。え、どれのやつ？　くれるの……？」

「うん。お、お近づきの印に……ってやつ」

「い、いいのに、そんなの」

雰囲気的に喜んでくれているけど、水ようかんって知ってがっかりしないだろうか。

水ようかんって、喜ばれるような品なのか……？　あー。失敗した！　もうちょっと万人《ばんにん》受けするやつにすればよかった！

さっそく俺の経験値不足を露呈《ろてい》することになっちまった。

他人の家を訪れ慣れてないから、手土産持ってきたけど、仰々《ぎょうぎょう》しかったかもしれない。

そうなってくると「水ようかん」っていうチョイスがなんか恥ずかしくなってきた……。

ちらり、と鳥越が紙袋の中を確認するので、俺は耐え切れず口に出した。

「み、水ようかん、なんだ。入っているの」

「へえ。渋いね」

……とまあ、それだけのリアクション。

いつもの鳥越らしい反応に、俺は内心胸を撫で下ろした。

「適当に座ってて。私、お茶淹《い》れてくる——あ、コーヒーのほうがいい？」

出ていこうとした鳥越が顔だけ残して尋ねてきた。

「お茶でお願いします。あとそれ、お母さんに渡してほしい」

「え。何でお母さんに？」

鳥越の目がすごく冷たかった。

「さっき言ったろ。お近づきのって」

「あ、そ」

鼻白《はなじろ》んだように、鳥越は言って去っていった。

水ようかん、受け取ってもらえたらいいけど。

適当に座るにしても、ベッドは気が引けるし椅子も本人専用って感じがする。

伏見やヒメジは、俺の部屋に来たらベッドに座るけど、さすがにはじめてでそんなことはできないので、俺は畳に腰を下ろすことにした。

「……」

落ち着かねえ。

伏見とヒメジの家も久しく行ってないから、今がどんな感じかはわからないけど、二人の部屋ならここまでそわそわすることもないのに。

襖《ふすま》が少しだけ開くと、隙間《すきま》からくーちゃんがこっちを覗き込んでいた。

……俺はよっぽど珍しい生き物に見えるんだろうな。

手を振ってみると、手を振り返してくれた。

可愛《かわい》い。

「しずかちゃんの、おともだち」

「う、うん。お姉ちゃんのお友達」

小さい子の扱いは、茉菜《まな》が最高に上手《うま》い。

親族で集まったとき、まだ小さい従妹《いとこ》たちの相手は、常に茉菜がしているので、俺はそのへんの免疫ゼロ。どうしていいかまったくわからない。

現に会話もオウム返しが精いっぱいだ。

「あ。くーちゃん、開けて」

「あい」

襖が開くと、鳥越が麦茶が入ったグラスとクッキーをお盆に載せて中に入ってきた。

「お待たせ。座るところ、椅子やベッドでもいいのに」

「こっちのほうが落ち着くんだ」

「変なの」

まだじーっとくーちゃんは俺を見ている。

「閉めるよ」と鳥越が言うと、階段のほうへ行ってしまった。

お盆を俺に一旦《いったん》預けた鳥越は、押し入れから小さな折りたたみ式のテーブルを出して設置した。

俺はそこにお盆を載せ、麦茶をひと口飲む。

「……よかったら、クッキーも、食べて」

そう言うので、俺は一枚かじった。

バターの香りがふんわりと口に広がり、さくりとした食感とほどよい甘さが舌の上に残った。

「あ。おいしい」

「よかった」

鳥越が笑みをこぼし、控えめに手を上げた。

「実は、私が作りました」

「鳥越ってお菓子作れるんだ」

「ま、ま、まあ、あの、そう。うん。でも、そんなに難しくないから……」

手を振って大したことない、と鳥越はアピールする。

難易度どうこうというより、料理をするイメージがあまりないから俺にとっては意外だった。

「「……」」

さくさく、とクッキーを食べる俺を、鳥越はじいっと見つめてくる。

……食べにくい。

「あっ。そうだ――」

何か思い出したように、鳥越は立ち上がって押し入れを開ける。

高い場所にある何かを取ろうとして手を伸ばした。

華奢《きゃしゃ》な肩に細い二の腕。足も白いけどノースリーブから伸びる腕も白い。

不意に脇《わき》がちらっと見えた。

なぜか見てはいけないもののような気がして、俺は慌てて目をそらす。

俺の前に座り直した鳥越の手には小説があった。

「これ。前に言っていたやつ。映画の原作にもなってて」

「あー。あれか。サスペンス系の」

「他にも何冊かあって――。この作家さん、ミステリ系も青春系も書く人で――」

再び立ち上がった鳥越は、今度は別の本棚の前で小説を探しはじめた。

どんな作品が本棚にあるのか気になって、俺も隣に並ぶ。

知らないタイトルがほとんどで、文学系の作品ばかり。

見える場所にBLを置いたりするはずないもんな。

つん、と肩が触れた。

「あっ。ごめん……」

「ううん。こっちこそ」

至近距離で目が合った。

まじまじと見ないから気づかなかったけど、うっすらと化粧をしていることがわかる。

鳥越が瞬《まばた》きをすると、ぱたぱた、と長い睫毛《まつげ》が上下した。

「たっ。高森くん……?」

「あ、ごめん。なんか近かったな」

一歩距離を取ろうとすると、腕をそっと摑《つか》まれた。

「あの……!」

「うん……?」

次の言葉を待っても、なかなか話しはじめない。

鳥越が真顔でフリーズしているけど、頰《ほお》がどんどん赤くなっていった。

「クッキー、まだあるからいっぱい食べていいよ」

「ありがとう。じゃ遠慮せずいただきます」

「うん」

鳥越が手を離すので、俺はテーブルに戻る。

小さなため息がこっそり聞こえた。


「小説って文章を読んで、シーンを自分で想像するでしょ？　だから、映画作ろうとしているなら何か参考になったりするかなって」

ずらりと並べられた小説でテーブルはいっぱいだった。

鳥越は楽しそうにあれこれプレゼンしてくれるけど、数が多すぎて、聞いたそばから前の作品の説明も忘れていくような状況だった。

「鳥越、ちょっと待って」

「ん？」

「一冊にしてくれ。それを読めたら、次を借りるから」

「ああ、そっか。ごめん、いきなりいっぱいしゃべっちゃって……」

わかりやすくずぅーん、と鳥越がヘコんでいる。

「いやいや、いいよいいよ。気にしなくて。ただ、俺、読むのが早くないし、一冊ずつちゃんと読みたいから」

「じゃ、とりあえずこれ」

最初にプレゼンしてくれた小説を一冊渡された。

ハードカバーでめちゃくちゃ分厚い。俺、挫折せずにちゃんと読めるかな。心配しかないわ。

タイトルの最後に「上」とついていた。この一冊で物語は終わらないらしい。

「ちょっとだけ長いけど、すごくいいから！」

ふんふん、と興奮気味に説明をしてくれる鳥越。

ちょっと……？

本棚を見ると、中巻と下巻も同じくらい分厚い。

こんなに勧めてくれるんだ。よっぽどなんだろう。

俺は覚悟を決めて、分厚い三冊を読むことにした。

「伏見も、芝居の勉強がきっかけで読書するようになったって言ってたっけ」

「ひーなが？」

うん、と俺はうなずく。

「鳥越はどうして読書するようになったの。なんかきっかけある？」

単純な興味として尋ねると、考えるような間をおいて、鳥越が膝《ひざ》を抱えた。

「私、小学校の頃《ころ》から学校ではああいう暗めのキャラで、ちょっとだけイジメられていたこともあって……」

いきなりシリアストーンに変わった。

体育座りのせいでスカートの中が見えそうなので俺は体の向きを変えて、ベッドのフレームに背をあずけた。

「授業合間の休み時間とか何していいかわからなくて。それで、ちょうど読書感想文で読んだ児童書が面白《おもしろ》かったから、別の本を図書室で借りて読むようになったのがきっかけ」

俺もあんまり人のことを言えない。

周りのことを忘れられる手段が、たまたま読書だったんだろう。

「俺や伏見とその頃に知り合っていたら、読書はしてないかもな」

「そうかもね」

想像をしてみると、たぶん真《ま》っ先《さき》に鳥越に声をかけるのはたぶん伏見だ。

それで、幼馴染の輪に鳥越を連れてくる。

「映画の打ち合わせだって言ってるのに、何話してるんだろうね」

と、鳥越は困ったように笑った。

「いや、本当にそれな。小説のプレゼンがはじまったと思ったら」

冗談めかして言うと、怒ったように鳥越はわざとらしく顔をしかめた。

「そう思っているんなら先に言ってよ」

「めちゃめちゃ楽しそうだったから、言い出せなくて」

「…………うん。そうだよ。楽しいよ」

聞き取れるかどうか、というくらいの小声でつぶやいた鳥越は、膝に顔をうずめた。

エアコンがゥゥン、と静かに音を立てる。

仕切り直すように、俺は個人映画のメモを書いた古典のノートを引っ張り出した。

「学祭のやつよりも短いショートムービーみたいなのを考えてるんだけど」

思い出したように鳥越が顔を上げた。

「そういえば、それ、何かに応募したりするの？」

「え？　応募？」

「そう。高校生映画コンクールみたいなやつ」

応募……？　賞に、ってことだよな。

全然考えてなかったから、ぽかんとするばかりだった。

「せっかくだから、そういうのに向けて作ったほうがモチベーション上がるかなって」

「鳥越……おまえはいつも一理あることを言うなぁ」

「大したことは言ってないよ」

気になって手元の携帯で調べてみると、案外ある。

新聞社主催の大きなコンクールや、映画監督の名前を冠したコンクール、高校生限定のもの。コンクール、コンペ、コンテストと名がつくものは、色々とあった。

「応募締め切りが八月末だけど、これとかどうかな」

同じように調べていた鳥越が、画面を見せてくれた。

『ＳＨＩＮ‐ＯＨシネマズ学生映画コンペティション』

神央シネマズという大手映画館が主催しているコンクールのひとつだった。

見ていくと、いくつか応募部門があり、俺が想定しているものだと『ショートフィルム部門』というのが当てはまりそうだった。

「作品は二〇分以内のもの。実写。テーマは自由――これじゃない？」

「まあ、賞もらうなんて、そんなの無理だと思うけどな」

「予防線張らなくてもいいよ。落選するのが当然だろうし」

「核心を衝《つ》くコメントすんなよ」

その通りだよ。

「ともかく。まとめていこう。出来上がらないと応募もできないでしょ」

「ま、そうだな」

コンクールがどうこうよりも、まずはそれだった。

前に何度かやったように、鳥越に聞いてもらい、気になったところを質問してもらった。

少しずつだけど、俺のやろうとしていることの輪郭《りんかく》が見えてきていた。

「お昼、用意するから待ってて」

一段落したところで、鳥越はトイレの場所を俺に教えると、立ち上がり部屋を出ていった。

賞に応募するなんて、考えてもみなかったことが、いつの間にか目標になった。

考えるだけで尻《しり》のあたりがざわざわして落ち着かない。

伏見も、オーディションにエントリーしたときは同じ気持ちだったんだろうか。

トイレを借りようと、部屋を出ていく。一階にあるらしく階段を下りていくと、話し声が聞こえてきた。

「帰ってくるんだったら言ってよ」

という鳥越の声。

「お友達だって言ったけど、違うんでしょ？」

という鳥越母の声も聞こえてくる。

友人の来訪を歓迎しているっていう空気はまるでなく、声音《こわね》には棘《とげ》が含まれていた。

やっぱり鳥越は、俺のことを「友達」ってぼかして伝えていたらしい。

「だったら何。お母さんに関係ある？」

「どうしてそんなに嘘をつくの」

どうやら俺が原因っぽい。このままだと鳥越にも申し訳ない。

簡単な挨拶と鳥越の門限破りの経緯だけは説明させてもらおう。

俺が覚悟を決めて声のするほうへ顔を出そうとすると、携帯を持っているくーちゃんが俺を見上げていた。

誰のだろう。お母さんのかな。とりあえずカメラを俺に向けるのをやめてくれ。

深呼吸を一度すると、声がするほうへどんどん近づいていき扉を開ける。

そこはダイニングで、テーブルを挟んで鳥越と母親が険悪そうな視線を交わしていた。

「――すみません。ご挨拶が遅れて」

二人がこちらを向くと、俺は母親のほうへ小さく頭を下げる。ちょうどテーブルにはあの水ようかんを見つけた。

「お、お邪魔させてもらっています。高森諒《りょう》といいます。あ、あの、それ。そちらの、よ、よければ、どうぞ……」

つっかえながら、俺はテーブルの紙袋を手で差した。

「いいよ、高森くん。気を遣わなくても。大丈夫だから。上がってて」

急な俺の登場に少し焦《あせ》った鳥越が早口で言った。

つっても、そんな空気でもないだろ。

「あなたですか。静香を振り回して」

「その節は、本当にすみませんでした」

「い、いいって、謝らなくて。私が悪いんだし」

ぐいぐい、と鳥越は俺を引っ張ってダイニングから出ていこうとする。

でも、最後まで説明しないと。

俺ははっきりと意思を示すように、袖《そで》を摑んでいた鳥越の手を解いた。

「静香は真面目《まじめ》な子なんです。夜遅くに連れ回して……何かあったらどうする気なんですか」

「はい……。それは、もう……返す言葉もありません」

ふと、俺はこのとき自覚した。

謝罪の言葉ならすらすらと出てくる。

たぶん、茉菜によく詰められているからなんだろうな。ありがとう、茉菜。

「――静香。あなたもよ。お友達だなんて嘘をついて」

水ようかんは、余裕でスルーされた。

「別に間違ってない」

「もしかしてって思って、その高森さんじゃないかって訊いたわよね。違うって言ったでしょ」

「それは……」

俺が来るとは言いにくいから、小さな嘘をついたらしい。

鳥越母からすれば、きっとそういうところなんだろう。

鳥越が小さな嘘を重ねていくほど、不信感が募っていくのは。

「お母さんは、静香に彼氏がいることを怒っているんじゃなくて――」

「か、か、か、か、かれ……かっ、彼氏、じゃないからっ」

鳥越、顔真っ赤《まっか》だぞ。

「ろくに友達もいないから心配していたら、夜遊びをするようになって……。あなたのせいなんじゃないいんですか、高森さん」

夜遊びって……。

想像しているようなことはしてない。って言って聞き入れてもらえるだろうか。

「一応、静香さんが何をしていたかというと……」

俺は念のため一からすべて説明をした。

学祭用に映画を作っていること。鳥越がその話を考えていること。その打ち合わせを夜にしてしまったことなどなど。

いつの間にか、シリアスな空気の中、くーちゃんが携帯で遊んでいた。

「胡桃。お母さんの携帯で遊ばないで」

「あーい」

のん気な声に少しだけ癒《いや》された。

「……高森さん、あなたに非がないことはわかりました。キツく当たってごめんなさい」

「いえ、それは、全然」

小さく頭を下げる母親に、どうにか笑顔で俺は首を振った。

「どうして、邪魔するの。私は、みんなと普通に遊んだりしたいだけなのに！　今日だってせっかく高森くんが来てくれたのに」

「邪魔って――」

またヒートアップしそうになると、母親の言葉から逃げるように鳥越は背を向けてダイニングから出ていった。

どうしていいかわからなかったけど、鳥越の目に涙が浮かんでいるのが見え、俺は母親に小さく会釈《えしゃく》をしてあとを追いかける。

「鳥越、落ち着けって」

俺は背中に話しかけた。

「私は大丈夫。いつも通り。アイムオッケー」

どこがだよ。普段そんなこと言わないだろ。

涙声で答えると、鳥越が手の平で顔のあたりをぬぐったのがわかった。

部屋に戻ると、押し入れからバッグを取り出し、服や下着を詰め込みはじめた。

「おい、何する気だよ」

「……」

携帯と財布を確認して、ぱんぱんに膨れたバッグを持った。

「まさか鳥越……」

「出ていく。放っておいて」

そう言うと、ぐすん、と鼻を鳴らした。

どこが大丈夫なんだよ。

④　家出少女の保護

「あ。シズじゃーん。何、にーに。二人で遊んでたの？」

玄関で迎えてくれた茉菜《まな》が、さっそく疑問を投げかけてきた。

「遊んでたのは、そうなんだけど……。家出少女を拾ったんだ」

「は？」

茉菜は目を丸くすると、ぱちぱちと何度も瞬《まばた》きをした。

鳥越《とりごえ》家を出ていくとき、母親は物音で気づいただろうけど様子を窺《うかが》いにくることもなく、俺たちのことは完全にスルー。

行くあてを考えているかと思いきや、鳥越はまったくのノープラン。

昼食を食べそびれていたので、駅前のうどん屋で食事を済ませ、そこで話し合った結果、俺《おれ》はワケあり家出少女を我が家へ連れてくることにしたのだ。

「お泊まりっ⁉　その荷物は、お泊まりなの⁉」

なんか茉菜が嬉《うれ》しそうだ。

どういうつもりでここまでついてきたのかわからなかったので、俺は鳥越の返答を待った。

「ええっと、うん。お泊まりっていうか……何日かお邪魔させてもらえたら、助かる」

「あー……なるほどなるほど。——ワケありみたいだな、お嬢さん？」

アニメか漫画で影響されたのか、芝居がかった口調だった。

「うん。そんなところ」

「おっけー。まあまあ、気が済むまで泊まっていきなよ」

にしし、と茉菜が笑い、中へ招いた。

俺の部屋でなくてもいいだろう、とリビングへ行くと、エアコンの効いたリビングで茉菜はドラマの再放送を見ながら洗濯物をたたんでいた。

やっていることは専業主婦のそれだ。

「……で、鳥越。どうするんだよ。お母さんには何て説明するんだ？」

「それは、あとで考える」

らしくない、というより、俺の知らない鳥越の一面だった。

「にーに。シズを追い詰めないで。シズはあてどもない放浪の末、にーにを頼ったんでしょ？」

「違うけどな」

「ってくれれば、にーにだけはシズの味方でなくちゃダメでしょーが」

ぷんこぷんこ、と茉菜は頬《ほお》を膨らませる。

もうそういう設定にしたいらしい。

「マナマナ、私も手伝うよ」

「えー⁉　いいの⁉　じゃ、これお願い」

乱雑に積み重ねられた洗濯物の山を、茉菜は遠慮なく鳥越に分けた。

茉菜の服、母さんの服、俺の服、と大雑把《おおざっぱ》にジャンル分けされていたけど、鳥越に任せたのは俺の洗濯物の山だった。

「シズ、その中にはにーにのパンツもあるよ！」

「えっ」

Tシャツをたたもうとした鳥越の手が止まる。

俺は自分の洗濯物の山をがばっと抱えた。

「いいよ、俺のはやらなくて！」

「にーに、そんなに照れなくたっていいじゃーん。にーにだって、あたしの洗濯物のブラとパンツ、まじまじと見てるっしょ？」

感情のない無機質な鳥越の視線がこちらへ向けられた。

「見てない！　鳥越、見てないからな」

何言い出すんだ、こいつは。

「シズもここで過ごすんなら、この洗礼があるから。にーにに洗濯物をまじまじと見られるっていう」

「ねえよ、そんな洗礼。……で、まじまじとなんて見てねえよ」

「ちゃんとしたやつ持ってきたから、見られても大丈夫」

ピースをする鳥越。無表情なので何を考えているかさっぱりわからん。

ピースじゃねえよ。大丈夫なのかよ。

「だってさ、にーに。よかったね」

「見ないってさっきから言ってるだろ」

女子二人に翻弄《ほんろう》されっぱなしの俺は、洗濯物を抱えたまま逃げるようにリビングを出ていき、二階の自分の部屋へ入った。

エアコンの電源を入れ、洗濯物をベッドの上に落とし、その隣に座る。

鳥越がここでしばらく過ごすのは、茉菜は大歓迎だったし、母さんにも事情を話せば了承してくれそうではある。

「けど、どうする気なんだ、鳥越」

ちゃんと説明するっていう約束も、あっさりと破られてしまった。

これは破ったっていうより、忘れているだけなのかもしれないけど。

母親が不信感を持ちはじめた原因は、バレなければ口うるさく言われないだろう、と夜に我が家まで来て、映画の内容について話し合ったあの日が発端《ほったん》のようだ。

それは結果的にバレていて、ああだこうだ言われた、と。

でいく。

手慰《てなぐさ》みに、普段まったくやらない洗濯物をくちゃくちゃになりながらも、どうにかたたん
茉菜ってたたむの上手《うま》いんだなって改めて思う。

母親ときちんとはじめて話をしたけど、話せばわかってくれる人だった。

鳥越もそうすれば、こんなに摩擦が起きることはないんじゃないか。

ただ母親は過保護な気もする。

大した嘘《うそ》じゃないとはいえ、本当のことを言わない鳥越も鳥越だ。

洗濯物をたたみ終わると、茉菜からメッセージが入っていた。

『シズと夕飯のお買い物いってくりゅー。ママにはあたしからも言っとくねー?』

『うい』とだけ俺は返す。

鳥越家の問題はさておき、茉菜が楽しそうなのが何よりだった。

お泊まりしたりされたりするのって、茉菜好きだもんな。

この夏休みも、友達の家で夜を明かすってことを何度かしていたようだ。

念のため、俺も母さんに友達が一人泊まることを伝えておいた。

こういう話は、俺より茉菜からしたほうが信頼度の関係上、話が通りやすいとはいえ、俺からも一言言っておくのが筋だろう。

俺は机に向かい、今日打ち合わせをしたノートを取り出す。

二〇分以内となると、学祭用の映画よりさらに短くなる。

……個人的に撮ろうとしている映画は、幸いにも登場人物は主役一人。あとはモブで事足りる内容だった。

もう一度コンクールのサイトを覗《のぞ》いてみる。

審査員は映画監督だったり、映像ディレクター、脚本家、芸能事務所関係者だったり様々だった。

賞がもらえなくても、誰《だれ》かの目に留まることはあるかもしれない――。

そう思うと、作業は自然と捗《はかど》った。


夕方過ぎに帰ってきた母さんは、鳥越を見るなり「聞いてる、聞いてる。よろしくね、シズちゃん」と緊張してカチコチに固まる鳥越とは対照的に、ゆるい挨拶《あいさつ》をしてぽんぽんと肩を叩《たた》いた。

そして、茉菜が作ってくれた夕飯を四人で食べた。

連れてきた俺はもちろん、茉菜はあの通りだし、母さんが歓迎ムードだったので居心地はそれほど悪くなかったはずだ。

夜は茉菜の部屋で寝て、朝になると撮影のある学校へ一緒に向かった。

「似てるね、お母さんと高森《たかもり》くん」

どこが？　と思っていると「なんとなく。雰囲気とかが」と鳥越は付け加えた。

途中で伏見《ふしみ》が合流し、細かいことは伝えず事情を教えた。

「えー⁉　いいなー、いいなー。わたしも呼んでくれればよかったのにぃ」

唇を尖《とが》らせた伏見は、俺に大ブーイングを浴びせた。

「忙しいだろうし、伏見、夜の一〇時には寝るだろ？」

「えっ。早っ。小学生」

「いや、それは！　ええっと、お泊まりなら頑張れるから！」

どうだか。

「しーちゃん、今日か明日はうちに来てよ」

「え、え、いいの……？」

「うん。諒《りょう》くんばっかりズルいから」

「ズルとか、そういうんじゃなくて……」

鳥越は鳥越で色々と悩みがあって……と言おうとすると、ヒメジが合流した。

「静香《しずか》さん……？　今日はどうしたんですか？」

と、不思議そうにするヒメジにも、説明をしておいた。

「姫奈《ひな》の家に泊まっても退屈でしょうから、私の家にいらしてもいいんですよ」

「何でさらっとディスるのー。退屈じゃないもん」

むう、と機嫌を悪くする伏見を見て、鳥越が笑う。

「じゃあ、ヒメジちゃんはそのあとね」

「夜一〇時に寝るような姫奈といるより楽しいと思いますから、安心してください」

にこっといい笑顔のヒメジだった。

「藍《あい》ちゃんはわたしをけなさないと気が済まないみたいだね……！」

ゴゴゴゴ、と変な音を出しながら伏見がギギギギと強張《こわば》った笑顔を作った。

対照的に、ヒメジは爽《さわ》やかな笑顔だった。

「ごめんなさい、本当のことを言ってしまって」

「おい、朝っぱらからケンカすんな」

バチバチ、と視線を交わす二人をなだめておく。

そういえば、と俺は鳥越に尋ねた。

「篠原《しのはら》家でもよかったんじゃない？　俺んちよりも女子同士だし気楽なんじゃ」

「ううん。みーちゃんち、私行ったことない」

小学校のときに仲良かったって話だったのに。

「でもいるよね。家で遊んだり連れてきたりするのは禁止の子」

「うん。みーちゃんはそれ」

なるほど。そういうことか。

少ないかもしれないけど、鳥越には、茉菜がいて伏見がいてヒメジがいて篠原がいる。

みんないいやつばっかだ。

鳥越の母親が心配するようなことは、何にもないんだけどな。

◆鳥越静香◆

家出の二日目は、ひーなの家にお邪魔させてもらうことにした。

「諒くん以外で友達を連れてくるなんて珍しいね」

ひーなのお父さんが出迎えた私を見て目を丸くしていた。

「いいでしょ。別に。わたしにも、諒くん以外に友達いるし」

子供みたいに拗《す》ねた表情をするひーな。

「あの、鳥越静香といいます。はじめまして。今日は、その、お邪魔させていただきます」

私はぺこり、と慌てて頭を下げた。

「いえいえ。大した家じゃないけど、ゆっくりしていってね」

「あ、はい。ありがとうございます」

玄関での簡単な挨拶が終わると、ひーながさっと前に出て視界を遮《さえぎ》った。

「おじさんが女子高生と会話しないで。なんか、変なのがうつったら大変だから」

「極端だなぁ……」

お父さんの困ったように笑う顔は、どことなくひーなと雰囲気が似ている。

「行こ、しーちゃん」と案内をしてくれるひーなの後ろについていき、私は二階の部屋に上げてもらった。

「どぞどぞ」

「うん」

部屋は、ひーならしい可愛《かわい》らしさのあるものだった。

小学生の頃《ころ》から使っているらしい勉強机と椅子に、爽やかなグリーンのカーテン。ＤＶＤが詰まったカラーボックスと文庫本が収まっている本棚がある。

「気になる作品があったら、いつでも貸すよ」

「ありがとう」

ラインナップを眺めていて気づいたけど、話題の超大作映画や、ベストセラー小説がない。ＤＶＤや小説の背表紙だけを見て、これが女子高生が選んだものだと思う人は少ないだろう。

「おうちの人に連絡した？」

ベッドに座ったひーなが尋ねた。

「え。ああ……」

実は、昨日高森くんの家に泊まったことは伝えていない。

外泊することだけ、お母さんに言っている。

送ったっきりで、どんな返信があったのか、私は確認しないでいた。

「諒くんが家に行くっていう話は――」

「え？　高森くん？　あっ」

もしかして、昨日の訪問の話かも。

「ええっと。高森くんが個人的に映画を撮りたいって言ってて。それで昨日うちに」

「えーっ。そうなんだ」

高森くん、ひーなに個人映画のこと伝えてなかったんだ。

じゃあ、私に出演してほしいっていう話も、言ってないはず。

「学祭のときと立場が逆になるんだけど、個人映画をどんなふうにしたいか相談に乗ってて」

「むうー。わたしだってちょっとくらいわかるのに。諒くんめ、わたしというものがありながらー！」

冗談めかして言うと、ひーなはぷう、と膨れっ面《つら》になった。

……可愛い。

ひーなには、きちんと言っておこう。

「高森くんに、その映画の主役をしてほしいって頼まれた」

「そう、なんだ」

声のトーンがさっきよりふたつほど下がった。

「イメージにハマるからって言われて。どんなイメージなんだろうね」

私は自嘲《じちょう》気味に笑ってみせる。

内容は明るいものじゃなかったから、暗い印象の私が思い浮かんだだけだと思う。

でも、私が思っている以上にひーなは自分に声をかけてくれなかったのがショックだったらしい。

「うう、悔しい……。わたしが未熟だから、諒くんはしーちゃんに……」

口をへの字にするひーなは、無念さを顔で表している。

オーディションに落ちたことがきっかけになったのか、以来ひーなは自分の至らなさを嘆くようになった。

「高森くんにも言ったけど、内容を詰めていけば私じゃなくなる可能性もかなりあるし」

そうなったら、やっぱりひーなに改めて出演を依頼するんだろうか。

二〇分以内の短編なら、主要人物は一人で事足りる。

想像をすると、胸の内がちくりと痛んだ。

適材適所。

収まるべきところに収まった。……ただそれだけなのに。

「わたしが知らない間にバイトをはじめていたり、機材を上手く扱ってたり、自分から個人的な映画を撮ろうとしたり……わたしが知っているのって、諒くんのほんの一部なんだなって、思って。ちょっと寂《さび》しくなっちゃった」

ひーなは笑顔を作ってみせるけど、どこか悲しそうだった。

「諒くんも、大人になっていってるんだなーって。……わがまま言って困らせたくないから、わたしはこの話、聞かなかったことにするね」

「え?」

「諒くんが、実は……って言ってきたときに、はじめて引き受けるから。だから、しーちゃん、諒くんをよろしく」

そんなふうに言われるとはまったく思ってもみなかった。

ひーなだって、高森くんが私にしか個人映画の話をしてないってことに、少なからずモヤッとしただろうし、お芝居ができる自分じゃなくて私に主役をお願いしたことだって、もっと嫌だっただろうに。

ひーなが高森くんを認めているからこその覚悟なんだと理解した。

誰を選ぶかは、高森くん次第なんだ、と。

「……うん。わかった」

悪い私が顔を覗かせる。

そんなつもりはないんだろうけど、王者の余裕という言葉が脳裏《のうり》をよぎった。

「携わる以上、めちゃめちゃいい映画作るから」

「うぅー、そうなったらすごいことだけど、嫉妬《しっと》しかないなぁ～」

素直に思ったことを口にするひーなに、私も嫉妬してしまう。

羨《うらや》ましいし、憧《あこが》れすらあった。

制服からラフな服にお互いが着替え、話をそこそこ切り上げた頃には、夕飯の準備ができた、とお父さんからひーなの携帯に連絡が入った。

一階に下りてやってきたのは、小綺麗《こぎれい》なダイニングだった。テーブルには、私を入れて四人分の夕食が並べられていた。

私たちとお父さん、あとは家事をしてくれているひーなのおばあちゃんの四人。

おばあちゃんは五〇代くらいに見えるけど、すごく綺麗な人だった。実年齢はもう少し上なのかもしれない。

伏見家、すごい。ひーなみたいな容姿の子が生まれるのも自然なのかもしれない。

そういえば、ひーなのお母さんって、どうしたんだろう。離婚しているのかな。

地雷かもだから、私からは聞かないでおこう……。

聞いたはいいけど、後処理に困る――なんて事態は避けたいし。

「鳥越さん。こうして泊まるのは僕としては構わないんだけれど、ちゃんと家の人には言っておかないとダメだよ」

「あ、はい……あとでメッセージ送ります」

「お父さん。ご飯のときにシリアスな話はやめてよ。あとしーちゃんと会話したから罰金ね」

「どうしてそんなに厳しいんだよ」

こんなふうに、ひーなはお父さんに対して風当たりがキツいけど、概ね和《なご》やかな夕飯だった。

私は部屋にひーなと戻ると携帯のメッセージアプリを起動させる。

お母さんからメッセージが入っていた。いずれも昨日のもの。

それには答えず、今日も友達の家に泊まる、と送った。

『ご迷惑にならないように気をつけてね。楽しんでいらっしゃい』

私が予想した反応じゃなかった。

私は、心配性なお母さんに細かく報告するのが面倒で、心配させたくなくて、詮索《せんさく》されたくもなくて、だからいつも誤魔化《ごまか》したり黙っていたりした。

結果的にそれがバレることで、余計に心配性を悪化させてしまった。

私がきちんと一から十まで交友関係を説明できていれば、こんなことにはならなかったのかもしれない。

私が小学二年生のときにイジメられてなかったら、お母さんは心配性になることもなかったのかもしれない。

時間を確認すると、夜の八時を過ぎた頃だった。

「ひーな、ごめん。私、今日は帰ろうかな」

瞬きを何度か繰り返すと、ひーなは笑顔になった。

「うん」

ちゃんと謝ろう。

不安にさせているのも心配にさせているのも、全部私なんだ。

私がきちんと説明しないから、お母さんは私の大事な友達を疑うんだ。

これ以上大事なみんなのことを悪く思われるのは嫌だ。


ひーなのお父さんに車を出してもらい、家まで送ってもらった。

ひーなも付き添ってくれたので、車内が気まずくなることもなく、「またね」と去り際に挨拶を交わし、車を見送った。

服しか入れていない鞄《かばん》が、ずっしりと重く感じる。

鍵《かぎ》を開けて戸をそっと引くと、からから、と音を立てた。

「しずかちゃん！」

音に気づいたくーちゃんが、とてとて、と玄関まで迎えに出てきてくれた。

「ただいま」

「しずかちゃん、きょう、おともだち――」

「え？　ああ、うん。お友達のところに行ってたよ」

ふるふる、とくーちゃんは首を振った。

……何が違うんだろう。

手には、またお母さんの携帯を握っている。

全然手に収まっていない携帯は、くーちゃんが持つと巨大化したように錯覚してしまう。

最近、動画を見ることを覚えたくーちゃんは、お母さんが相手できないときは動画に夢中となっていた。色々触るので、写真を撮ったりすることもある。

キッチンのほうへ顔を出すと、お母さんは背を向けて洗い物をしていた。

夕食の片づけが済んだテーブルには、ラップに包まれた一食分のおかずがあった。

「……作らなくてもいいのに」

何で作ってるの……。泊まるって言ったのに。

「お腹空《なかす》かせたまま帰ってくるかもしれないでしょ。静香は、神経細いからよそ様の家だとあまり食べてないかもって、思って」

喉《のど》の奥から迫《せ》り上がってくるものを抑え込もうと、唇を噛《か》んだ。

高森くんの家でも、ひーなの家でも、遠慮していつもの三分の一くらいしか食べられなかった。

「食べる」

私は自分のお茶碗を持って、ご飯をよそう。

席について、お皿のラップを外した。

「……お母さん。ごめん。嘘ついたり黙ったり誤魔化したりして、ごめん」

もう一度、ごめん、と謝った。

心配をかけている自分が情けなくて、いつも通りの優しさが染《し》みて、涙で視界がぼやけた。

「高森くん、いい子ね。この前は邪魔しちゃったけど、また連れていらっしゃい」

「……うん」

ぐすん、と鼻を鳴らして付け加えた。

「高森くんだけじゃないよ。私の友達…………みんな、いい人だから」

「そう。それならよかった」

一日ぶりの何でもない夕飯は、少し冷めていて。ちょっとだけ涙の味がした。

目をごしごし、とこするくーちゃんが、携帯をテーブルの上に置いた。

「おかーさん……」

「はいはい」

くーちゃんはもうお眠の時間らしく、お母さんが抱っこをしてダイニングを出ていった。

また何か変な写真でも撮ったんだろう。

自動でロックがかからない設定にしてある携帯を難なく操作する。撮影した写真が入るフォルダを覗いた。

予想通り、くーちゃんは勝手にいくつか撮っていた。

『心配しなくても大丈夫って、僕が言っても、あんま説得力ないかもですけど……ええっと――』

動画らしきひとつを再生してみると、聞き慣れた声がして、一瞬だけ高森くんが映った。

「え?」

今度は足下が映った。

家具の配置や撮っている角度からして、私が今座っている場所に、高森くんがいる。

一度止めて詳細画面を開くと、日時は今日の夕方だった。

ひーなの言葉が思い出される。

――諒くんが家に行くっていう話は――。

私が誘って家に連れてきた話かと思ったけど、そうじゃなくて今日のことなんじゃ。

くーちゃんも、「お友達」について何か言いたげだった。

……高森くん、何しに来たんだろう。

『学祭用の映画をクラスで撮っていて、話は全部鳥越……静香さんが考えたものなんです。もしかすると、趣味が読書っていうのは、暗いイメージを持たれるかもしれませんけど、物語に関しては詳しいのですごく頼りになります』

何、言ってるの、ほんと……。照れる……。

『オタクって言うんじゃないですか。静香みたいな子のことを』

『……はい。そうです。けど、悪いものじゃないですよ』

『私はもっと普通のものを好きになってほしかったです。イジメられていたこともあるから』

『ああ……けど、オタクっていうのは特定のジャンルにおいて知識教養のある人のことを言うものですから、鳥越……静香さんは全然「普通」ですよ。そう定義すれば先生なんかも科目ごとのオタクです』

高森くんがお母さんと私のことを話している。

不思議な動画に、まず恥ずかしさが先に立ったけど、何を話すのかの好奇心が勝った。

『普通って難しいですよね。胸張って好きって言えるものって、僕自身もあんまりなくて……。だから、好きな物を見つけて没頭できるって、それだけですごいことだと思うんですよね』

「何言ってるの……人の親に……。本当に……勝手に来て」

高森くんの真摯《しんし》な声音《こわね》は動画の中ではよく響いていた。

ガサガサ、と物音がする。

カメラがきちんと高森くんとお母さんを捉《とら》えた。

『あと、これ。水ようかんはちょっとアレかなーと思ったんで……どうぞ』

『あら。ありがとうございます』

高森くん、何で変なところだけ大人なんだろう。

『静香さんは、お母さんが思っている通り、真面目《まじめ》で頑張り屋なんです。たぶん、心配させまいと言うべきことを言わなかったのかな、と思います……！　い、一応僕、学級委員でして。鳥越も僕も悪いヤツとはつるんでませんし――』

ここぞとばかりに肩書きを利用する高森くん。

でも何でこんなことを。悪いのは私なのに。フォローなんてしなくてもいいのに。

見回してみると、手土産の紙袋はテーブルに置いてあった。中にはどら焼きが入っていた。

何で和菓子縛りなの？

思わず笑ってしまった。

私の携帯に動画データ送っておこう。

◆高森諒◆

「いいなぁ、わたしもしーちゃんち行ってみたかったなー」

撮影日の今日、伏見とヒメジと俺と茉菜はそろって撮影場所である学校へ向かっているところだった。

「結局静香さんはどうなったんですか？」

「泊まらずに家に帰ったよ」

ホームシック……になるようなタイプには見えなさそうだけど、ともかく家に帰ったようだ。

昨日は、密《ひそ》かに鳥越家へお邪魔して母親と話をさせてもらった。

かなり出しゃばったことをしたと思うけど、鳥越への誤解を解いて趣味への理解も得られたようでよかった。

「わたし、しーちゃんと仲良いと思ってるんだけど……諒くんよりもね」

「俺が抜け駆けをしたみたいに言うなよ」

「あたしも、にーによりはシズと仲良いはず」

「そうだろうな。こっちは、たまたまやることがあったんだよ」

こんなふうに、伏見は俺が先に鳥越家へ招かれたことが不服だったらしく、拗ねたように眉根《まゆね》を寄せている。

茉菜も納得がいってないらしい。

クラスメイトみたいな目線で言ってるけど、おまえはクラスメイトでもなければ同い年でもない後輩だからな？

「私もそれなりに親しく思っています。諒が行っていいのなら、私たちも行っていいんじゃないですか？」

「どういう論法なんだよ」

本人の許可を取れ、許可を。

「そうだね。訊いてみる」

あと三〇分もすれば顔を合わせるのに、伏見は携帯を操作し、メッセージを送っているようだった。

「あ。返事きた。――いいってさ！」

伏見は嬉しそうにメッセージ画面をこちらに見せた。

「さっすがシズぅー」

文面は、今いる俺たち全員を招くものだった。

「何で俺もなんだよ」

「ついでだからいいじゃないですか」

俺は二人のおまけかよ。

暑い中、通学路を歩き学校へ到着すると、見慣れた背中を見つけた。

「シズー。おは」

「マナマナ。と、みんな。おはよう」

それぞれが挨拶を返し、校内に入る。

外よりマシとはいえ、中も十分暑い。

「今日終わったらシズんち行くから！」

「うん。いいよ」

……茉菜は行っても大丈夫なんだろうか。

ふと心配になった。

めっちゃギャルだけど、鳥越の母親をまた心配させたりしないだろうか。

「あんまり期待しないでね。家、狭いし」

「エアコンがあれば大丈夫。わたしは」

「さすがにそれくらいあるよ」

と、鳥越が苦笑する。

「どら焼きがあるから、それ出すね」

ちらっと鳥越がこっちを見た。

鳥越の母親には、内緒にしてほしいって言ってあったんだけど、バラしたんじゃ……。

「なんかのお土産でもらったみたいで」

よし、バレてないな。

「私たちもお菓子を何か買っていきましょうか」

「いいね、それ」

ヒメジの提案に伏見が乗った。

「スーパーとかで好きなお菓子買って行こう」

幼馴染《おさななじみ》と妹が何を買うかで盛り上がりはじめた。

「あんまうるさくならないようにするから」

俺が言うと、鳥越は首を振った。

「きっと大丈夫だよ」

そうかな。茉菜とかめちゃくちゃうるさいと思うぞ。

そういや、忘れていたけど、茉菜は対ちびっこ能力が高い。

くーちゃんの相手をさせれば右に出るやつはいないだろう。

……茉菜って好感度すぐ上がるようなシステムになってないか？

ギャルって部分を除《のぞ》けばスペックが高いからか……？

納得いかねえ、と俺が口元を歪《ゆが》めていると、改まった様子で鳥越は切り出した。

「個人映画の件だけど、ちゃんと考えた。……やっぱり、ごめん。真剣に考えれば考えるほど、私じゃないなって、思っちゃって」

真面目な鳥越らしい回答だった。

「それはね、高森くんが、真剣だからだよ。いい物を作ろうとすればするほど、ますます適任者は私じゃないほうがいいんじゃないかって」

俺の提案に対して、かなり考えてくれたようだ。

「いの一番にこの件を教えてくれたことや、主役に誘ってくれたことは、嬉しかった。演者以外の部分でいいなら、協力させてほしい」

思ってもみない申し出に、俺はふたつ返事をした。

「めちゃめちゃ助かるよ。ありがとう。脚本手伝ってほしい」

無言でうなずくと、ぽつりと鳥越がつぶやいた。

「お礼言うのはこっちのほう。……高森くん、ありがとう」

世話になるのは俺のほうなのに？

やっぱり俺がどら焼きを持っていったことはバレてるんじゃ……。

女子高生ウケはしないだろうから、センスねえって思われてそうで怖い。

「何考えているかなんとなくわかるけど、たぶん違う。それじゃないよ」

「エスパーかよ」

「不思議だよね。全然キャラじゃないのに、変なところで行動力あるんだから」

先に教室に着いた三人が、入口で俺たちを待っていた。

「に、にーにが、シズといちゃついてる⁉」

「いちゃついてねえよ。普通にしゃべってるだけだろ」

俺が呆《あき》れていると、ふふふ、と鳥越は静かに微笑んで、俺だけに聞こえるような声で言った。

「みんなをお母さんに紹介する。私の友達だって」

その表情を見て、もう家出をするようなことはないだろうなと俺は思った。

⑤ ヒメジとアイカを撮る

「それで、考えてくれた？」

バイトの休憩中。

紙コップに入ったコーヒーに口をつけ、俺《おれ》は自販機の隣にあるベンチに腰かけた。

「だから、断ったじゃないですか」

「んもう。結論を急がないの」

俺にコーヒーを奢《おご》ってくれた松田《まつだ》さんは、今度は自分のコーヒーを買って、俺の隣に座った。

「ヒメジは知らないでしょ。こんな話をしているなんて」

「アイカちゃんはオッケーのはずよ」

はずよってことは、ちゃんと確認はしてないらしい。

「そういうのって、第三者がどうこう言うより、本人の気持ちが大事だと思いますし……」

「んんんん〜。青いわ」

よくわからないリアクションをすると、長い脚を組んだ。

「まあ、いいわ。この話は追い追いしていくことにしましょう」

「これっきりでお願いしますよ」

俺を丸め込む余地があると思っているのか、松田さんはやる気満々だった。

「……そういえば、学祭の映画、途中まででしたけど、どうでした？」

以前松田さんが、俺が作っている映画を見てアドバイスをくれる（意訳）と言ってくれたので、出来上がっているところまでを見てもらうことにしたのだ。

「何かしら……こう、作っているってことに酔ってるわね、きゅん」

ちなみに、きゅんっていうのは俺のことだ。

「酔ってる、ですか」

「そう。まあ素人《しろうと》あるあるというか、誰《だれ》もが通る道よ。今後も映像を作るようになって、上手《うま》くなったときに見返してみなさいな。何にも見えてないし、何も考えてないなっていうのがよくわかるわよ」

地味に酷評《こくひょう》されてる……。

面と向かって言われると、ヘコむなぁ……。

「何にも見えてないし、何も考えてないってことですか……」

「んもう、結論を急がない」

つんつん、と人差し指で俺の肩を突く松田さん。

ぞわわわわぁっとするからやめてほしい。

「はじめてでしょう？　撮るの」

「はい」

「それであれなら上出来でしょう」

え？　褒《ほ》められた？

「何きょとんとしてるのよ。何にも見えてないし〜って言ったのは、上手くなって振り返ればって話で、現時点の客観的な評価ではないわよ」

「じゃあ、現時点では？」

「よく勉強をしている」

はぁ〜〜〜〜、と俺は大きなため息をついた。

「それなら、最初からそうだって言ってくださいよ」

「ただ褒めるだけじゃ能がないでしょぉ？」

そんなの要らねえよ。

「下手なりにね、下手なりによくお勉強できてるわ」

「どうして余計な一言を加えるんですか」

「きゅんは、イジめたら伸びるタイプだと思うから」

そうなのかな。

俺としては、褒められて甘やかされて伸ばしてもらいたいところだ。

けどこの人は、これでアイドルグループをプロデュースしているプロ。

どういうタイプの子がどうしたら伸びるのか、なんて全部把握できているのかもしれない。

「そういえば、渡したライブ映像見てくれた？」

ああ。そういえば、映像用のディスクをもらってたっけ。

机の上に適当においていて、そのせいで今ではケースに少し埃《ほこり》を被ってしまっていた。

「まだです。なかなか時間がなくて」

「そう。暇なときにでも見てみなさい。いいパフォーマンスしているから」

同じタイミングでコーヒーを飲み干し、ゴミ箱に紙コップを捨てて、俺たちは事務所へと戻った。

仕事場でもある社長室に入り、専用のノートパソコンで新着メールの内容をチェックしているると、松田さんに手招きされた。

「きゅん。ちょっといらっしゃい」

はあ、と俺は曖昧《あいまい》に返事をして席を立つ。

何でわざわざ席まで呼んだんだろう。

社長室には二人きりだし、いつもはその場で雑談もしているのに。

不思議に思いながら席まで行くと、資料を一部渡してくれた。

「こういうことをやろうと思ってるのよ」

パソコン関係がまるでダメな松田さんの手作り感溢《あふ》れる手書き資料。

そこには、『姫嶋藍《ひめじまあい》のバックステージ』と銘打たれた企画が記されている。

「これは……？」

「密着映像を撮ろうと思ってて。アイカちゃんの」

「へえー」

いくつかそういう番組がある。

資料にはそれっぽく撮ると綺麗《きれい》な字で書いてあった。

「アイドルとしてデビューして、順風満帆《じゅんぷうまんぱん》かと思いきや体調不良によって泣く泣く脱退。快復後は舞台で再デビュー。てな筋書よ」

あらすじだけを聞けば、たしかにドキュメンタリーの番組でありそうだった。

「それをきゅんに撮ってほしいの」

「へえー。え……は？」

「嫌？」

「あ、嫌とかじゃなくて……僕でいいんですか？」

「じゃないと頼まないわよ」

冗談めかすわけでもなく、真面目《まじめ》な顔で俺の目を見てそう言った。

「アイカちゃんの素を引き出したいから作ったものは要らないの。それには、きゅんが適任でしょう。映像を撮るってことに関しては、最低限の技術はあるようだし、ちょうどいいかなって」

断る理由はなかった。

何より、俺がやってきたことを認めてもらえたみたいで嬉《うれ》しかった。

「やります。やらせてください」

「いい返事。じゃあお願いするわね」

常に密着しなくてもいいらしく、普段の様子や主演への意気込み、舞台稽古の様子などなど、そういった編集前の素材を撮ってほしいらしかった。

今後ヒメジを売り込むためのPVとして使いたいという。

「二枚目がアイカちゃん用の質問リスト。全部訊いてね」

一枚目をめくると、ずらーっと質問が並べられていた。

ぱっと見て三〇個はある。

「全部、ですか」

「素材として使えるかわからないから。多いほうがいいでしょ」

「なるほど……わかりました」

映画の場合は、自分で筋を決めて撮っているから使えない部分っていうのは、あんまりない。

けど、ドキュメンタリーとなると、いわゆる「撮れ高」がなければ、映像として表には出せない。

質問は、好きな食べ物や好きなアーティスト、好きな俳優といったライトなものからはじまり、好きな異性のタイプや理想のデートなど、踏み込んだこともリストにある。

俺、ちゃんと訊けるかな。

訊いたとして「どうして諒《りょう》にそんなこと言わないといけないんですか」って、嫌そうな顔で言われそう。

うわぁ、目に浮かぶ。

「あ、もしもし、アイカちゃ〜ん？　あ、はい、お疲れ様〜。あの件だけれど」

松田さんが電話で通話をはじめた。相手はヒメジっぽい。

「きゅんが撮ってくれることになったわ」

そこで、一気に音量が上がったのがわかった。音が割れるほど、ぎゃーぎゃーと何かを言っている。

「うるさっ。んもう、びっくりした」

携帯を机に置いた松田さんは、通話をスピーカーに切り替えた。

『諒が⁉　何で⁉　み、みみみ密着って——どこまで密着する気なんですかっ⁉』

ヒメジの声だ。めちゃくちゃテンパってるな。

「そりゃあ、もう決まってるじゃない。アイカちゃんのすべてよ」

『え――――えぇぇぇぇぇぇ〜。こ、困りますー！』

松田さんはヒメジの反応が楽しいのか、ニヤニヤしっぱなしだった。

密着風《ふう》っていうだけだから、実際はそこまで密着しないいんだけどな。

「きゅんも今ここにいるわ」

名前を出されたので、俺は携帯に向かって話しかけた。

「もしもし、ヒメジ。落ち着け。松田さんが言うほど、大して密着しないから」

『…………おほん。諒が撮ってくれるみたいですね。私の足だけは引っ張らないでくださいね』

咳払《せきばら》いをして、一旦《いったん》取り繕ったヒメジだった。

「おう。頑張る」

『え、ええ。そ、その意気です』

「カメラマンがきゅんでよかったわねぇ〜、アイカちゃん」

『全然よくないですっ。何がいいんですかっ！　諒は業界素人のちょっと映画撮っているだけの幼馴染《おさななじみ》で、カメラマンが誰でも私は関係ありませんから！』

「あらやだ。ツンデレ感度抜群じゃない」

『ツンデレっ！　じゃっ！　ありまっ！　せんっ！』

「「うるさっ」」

ヒメジの喚《わめ》いたような目いっぱいの大声は、スピーカーの許容量を大幅に超えたみたいで音割れが酷《ひど》かった。

「撮影日はきゅんとアイカちゃんのスケジュールを調整して、また伝えるわ。それじゃあね」

まだぎゃーすか騒いでいるヒメジに構わず、松田さんは一方的に伝えて電話を切った。

ふう、とひと息つく松田さん。

「うちのプリンセスは、大層お喜びになっていらっしゃったわね」

だったらいいけど。

素を見せるのはいいけど、撮られるってなるとまた違うんじゃないのか。

「そういうわけで、アイカちゃんのこと、よろしくね」

と言って、松田さんは一連の話をまとめた。


「今日はどこ行くの？」

ハンディカメラを構えたまま俺はディスプレイ越しに尋ねる。

「舞台のお稽古です」

ちらりとこっちを見たヒメジは、プイ、とそっぽを向いた。

「その格好で？」

「着替えるんです」

「ああ、なるほど……」

俺と距離を取るつもりなのか、ヒメジは歩調を早めた。

「あれこれいちいち訊いてくるの、やめてください」

「そう言うなよ。こういうのって、そういうもんだろ」

密着取材初日。

カメラを構えた俺に対して、ヒメジの風当たりはキツかった。

「邪魔、しないでくださいね」

「しねえよ」

稽古が行われるレッスンスタジオまでやってくると、ヒメジは慣れた様子で中へ入っていく。

さっきからずっとヒメジは、あんなにぷりぷり怒ってるけど、大丈夫なんだろうか。

今撮っているものを編集し、売り込み用の映像にするそうだ。

けど、意識して素の表情を出さなくなるから、そのことは伝えるなと松田さんに言われていた。

「おはようございます」

関係者らしき人たちに挨拶《あいさつ》をしていくヒメジ。

「はよざーす……」

と、俺も小声で挨拶してヒメジの後ろに続く。

「あの、君。ここ、撮影禁止だよ」

大学生くらいの爽《さわ》やかイケメンに注意されたけど、俺は印籠《いんろう》のように首から提《さ》げている「レイジPA密着カメラ」という名札を見せた。

「あ、ええっと、許可もらってマス。だから、イケると思いマス」

『もう許可取ってるから大丈夫よん』と松田さんは言っていた。

だから大丈夫なはず。

ああ、そう、とその人はすぐに納得した。

「すみません。稽古中は映さないようにしますので」

俺が会釈《えしゃく》すると、ヒメジも「すみません」と小さく頭を下げた。

Tシャツにジャージ姿のその人は、開け放たれている扉の中に一礼して入っていった。

「あそこがお稽古場です」

中をちらっと覗《のぞ》いてみると、教室ほどの大きさの部屋だった。一面が鏡張りになっていて、すでに数人が中でストレッチをしたり談笑をしたりしていた。

「今日はダンスレッスンなので、気が楽なんですよね」

「やっぱ、得意分野だから？」

「ええ、まあ。オーディションでも私が一番だったって話ですし」

みるみるうちに、ヒメジの鼻が伸びていく。

「あ、そっか。ミュージカルだもんな。歌って踊る能力は必須ってことか」

「格の違いってやつを、わからせるいい機会です」

誰と戦ってるんだよ。

稽古場を過ぎて通路を奥へ進むと、また今度は小さな部屋に入った。

「どこまでついてくる気なんですか？　松田さんに私の下着まで撮ってこいって言われているんですか？」

「そんなわけ……」

ヒメジが俺の後ろを指差した。

半開きの扉の正面には、『女子更衣室』と書いてある。

「うわあ!?　そんなつもりは──」

「何で気づかないんですか……」

はあ、とヒメジはため息をついた。

スチール製のロッカーがいくつかあり、棚には各々《おのおの》の鞄《かばん》やリュックが置かれていた。全部女性の持ち物だというのがわかる。

こんなところを密着するつもりはなかったので、俺は録画を止めて出ていこうとすると、女の子二、三人の話し声が近づいてきた。

「諒、ちょっと」

出ていこうとした俺の襟《えり》をぐいっとヒメジが引っ張った。

「今出るとマズいですよ」

「何で……」

と、俺は場所と自分が持っている物についてよーく考えてみた。

「うわ。や、やば」

更衣室盗撮しにきたやつみてえじゃねえか！

でもどんどん話し声は近づいてくる。

「しょうがないですね。ここ、ここなら大丈夫です」

バッとヒメジがロッカーを開ける。

一歩間違えれば社会的に死ぬ……！

完全に自分が撒《ま》いた種だけど、ここで通報されるわけにはいかない。

俺はヒメジが開けてくれたロッカーに入り、そっと扉を閉めた。

隙間《すきま》からわずかに中の様子が見える。

雑談をしながらやってきたのは、同年代くらいの女の子と大学生かそれより少し上の女性二人だった。

三人とも、ヒメジや伏見《ふしみ》に負けず劣らず可愛《かわい》いかったり綺麗だったりしている。

す、とヒメジが前に立ち、俺の視界を完全に遮《さえぎ》った。

あ、そういや、これから着替えるんだった。

「姫嶋さん。そこ、いい？」

「ええと、今日は私が使わせてもらっていますので、できれば別のところで……」

心の中でヒメジを応援するしかない。

「え。何。あたし、いつもそこ使ってるんだけど」

声音《こわね》に険《けん》が混じった。

「でも、今日は……すみません」

「主演だからって、デカい顔しすぎじゃない？」

「そんなつもりはありません」

揉《も》め事《ごと》のトリガーになったのは完全に俺がここにいるせいだ。

マジでごめん、ヒメジ。

違う声が会話に入ってきた。

「何であんたみたいな子が主演なんだろうね。芝居も下手クソだしさ」

いつもなら何か言い返しそうなヒメジだけど、無言を貫いた。

『格の違いってやつを、わからせるいい機会です』

誰と戦ってんだって思ったけど、ヒメジにとってここは戦場なんだな。

「やめなよー、かわいそうじゃん。どうせお偉いさんのゴリ押しなんだからー」

三人目は、かばっているように聞こえるけど、小馬鹿《こばか》にするような調子で単語の後ろに「w」がついているのがわかる。

何か言ってやりたいけど、出ていけるはずもないし……。

あ、そうだ……！

俺は携帯を操作して、先日鳥越《とりごえ》家に行ったときに撮った動画を再生した。

『おともだち。あそぼ！　あそぼ！』

満面の笑みを浮かべるくーちゃんが画面には映っている。

「……ねえ、今、何か聞こえなかった？」

「何かって、何？」

「あたしも……聞こえたかも……」

ヒメジがこちらを振り返ろうとしてか、小さく頭が動いた。けど、自重《じちょう》してすぐ前を向いた。

『おともだち。あそぼ！　あそぼ！』

もう一度その部分を再生すると、更衣室内がしん、と静まった。

「え、え、何かいる……？」

「わっ、私も聞こえた……あ、遊ぼうって」

「ちょ、ちょっとやめてよッ」

ガン、とロッカーを蹴《け》る。思いのほか大きな音が鳴って、ヒメジがびくん、と首をすくめた。

そのおかげで位置がずれ、隙間から三人の様子が見えた。

三人とも青い顔をして目線だけで周囲を見回している。

「ヒメジ、合わせろ」

かすかに声をかけると、俺はもう一度同じ部分を再生した。

『おともだち。あそぼ！　あそぼ！』

同じ場所に居合わせたヒメジなら、くーちゃんのことを知っているし、声で気づいたはずだ。

「……あれ。知らなかったんですか。この部屋、いますよ」

ヒメジがぽつりと口にすると、三人の悲鳴にも似た無言が室内を満たした。

「悪い子じゃないので、気にしなくても大丈夫です。ただ、お友達がほしくて遊びたいみたいだから……」

三人が息を呑《の》むのがわかる。

「もしかすると一人くらい連れていくかもしれませんね」

そのセリフを皮切りに、一人が悲鳴を上げて逃げていき、二人目がすぐあとを追い、腰が抜けた子が、めそめそ泣きながら這《は》いずるようにして部屋から出ていった。

「…………………ふ。ふふふ」

ヒメジが肩を揺らして笑っている。

「おい、こら。笑ってないで出してくれ」

そう言うと、ヒメジは思い出したかのように扉を開けてくれた。

「俺のせいで面倒なことになって、ごめんな」

「いえ。前々からあの人たちはああだったので。きっかけは何でもいいんですよ。ざまーみろです。ふふふ」

三人の様子がよっぽどおかしかったのか、思い出したヒメジはけらけらと笑っている。

そうやってひとしきり笑うと、真面目な顔をした。

「癪《しゃく》ですが、お礼を言います。ありがとうございました。あれでどうなるわけではないですが、胸がスッとしました」

「そりゃよかった」

「けど、よくあんなことを思いつきましたね」

「まあ夏だしな」

「関係あります、それ」

「ねえよ。適当に言っただけだ。幽霊は夏だけ営業してるわけじゃないだろうし」

緊張の糸が切れたのか、ヒメジは「それもそうですね」とまた笑った。

「下手くそとかあの人たちは言ってたけど、ヒメジ、十分上手《うま》いよ」

「え?」

きょとんとするヒメジ。

「芝居。さっきの場合は小芝居って感じだけど」

「諒にお芝居の何がわかるんですか」

「そんなにわかんねえけど、大根芝居ならあんなに怖がらなかっただろ」

言うと、ヒメジは頰《ほお》をゆるめた。

「あの、いつまでここにいるつもりなんですか？　私、着替えたいんですけど」

「あ。悪い。出ていく、すぐ出ていくから」

忘れ物がないか気を付けつつ部屋の外に誰もいないことを確認して、俺はようやく更衣室をあとにした。

あ、そうそう。言い忘れてた。

「稽古、頑張れよ。格の違いってやつを見せつけてやれ、アイカ様」

「もう、何言ってるんですか。バカ」

呆《あき》れたように笑うヒメジに手を振って、更衣室の扉を閉めた。

密着用のカメラは貸してもらっているものとは別なので、予定された密着取材（？）が終わると、俺は事務所までカメラを返しにやってきた。

カメラを分けたのは、たぶん松田さんがすぐ内容をチェックしたいからだと俺は思っている。

社長不在の社長室で俺は今日撮ったものを少し確認してみた。

稽古場に着くまでと中の様子をほんの少し。それと、稽古が終わったあとの帰り道に、簡単な質問をいくつかしていた。

「切って繋《つな》げていけば、それなりに使える……のかな」

売り込み用のＰＶっぽさはまだないけど、相応のプロに依頼するんだろう。

『あはは。何ですか、その質問』

映像は好きな動物が何か訊いたときのものだ。ヒメジは楽しげに肩を揺らしている。

『俺もそう思うよ。けどリストにあるんだって』

『ええと、そうですね……猫とかでしょうか』

『なんで？』

『前足を突っ張って伸びをするときの、うにゃぁ～～～って感じのところが可愛くて好きです』

『ああ……言いたいことはわかる』

密着番組だと、関係者からどう見えているのか、っていうシーンがあったりするけど、それは松田さんから指示されていないので撮っていない。

「諒ー？　まだですか？」

ひょこっとヒメジが室内に顔を覗かせた。

「あ、悪い。すぐ行く」

電源を切ったカメラを机の上に置き、俺は社長室を出ていった。

稽古場から直帰したほうが家には近いのに、ヒメジはわざわざ事務所までついてきてくれた。

夕方とあって帰りの電車内は空いている。

座席に隣同士で座ると、無言がしばらく続いたあと、ヒメジがおもむろに口を開いた。

「今日の更衣室でのことは、松田さんには言わないでください」

「言わねえよ、いちいち」

プライドが高いヒメジからすると、あんなことがあったなんて報告されるのは本意じゃないんだろう。

「そんなに珍しいことじゃありませんから」

「え」

「よくあることです。女子の世界では」

……口ぶりからして、それはアイドル時代にも経験してきたことなんだろう。

「三人とも年上？　あんな中学生みたいなことするんだな」

「女子ですからねぇ～」

それで説明がついてしまうらしい。

伏見も直接ではないにせよ、陰口を言われていたことがあったっけ。

「美少女が通る道なんだなー」

何気なく口にすると、ヒメジが俺を覗き込んだ。

「え、何ですか？」

「いや、だから、美少女はそういうことが起きがちなんだなって」

目力たっぷりの瞳《ひとみ》で俺をまっすぐ見つめてくるヒメジ。

何か言いたげで、嬉しそうに口元がゆるんでいく。

「何だよ」

「諒も何だかんだで私のことを美少女だと認めているんですね？　ふふふ」

だから訊き返したのか。

「一般的に、そうなんじゃないかって思うだけだ」

「諒に『一般』っていうモノサシがあったとは、驚きです」

「俺だってちょっとくらいあるわ」

「一般的に言えば、美少女幼馴染とはだいたいいくっつくんですが」

挑発的な目がぱちりと瞬《まばた》きをする。

「だいたいってことはそうじゃないパターンもあるだろ。……それ、どこの一般なんだよ」

「藍ちゃん調べです」

「主観オンリーじゃねえか」

くすくすと笑うヒメジは、つんつんと俺の足にサンダルをくっつけたり離したりしてくる。

「諒って、ツッコみが上手なんですね」

「……ありがとう」

「何照れてるんですか」

「照れてねえよ」

最寄り駅に到着すると、俺たちは家路を辿《たど》りはじめた。

「あれ、諒、こっちは私の家のほうですよ?」

いつもは別れる岐路《きろ》で俺が姫嶋家のほうへ行くと、ヒメジが不思議そうに首をかしげた。

「諒の家へは遠回りになりますよ?」

「いいよ。五分くらいだろ。遠回りっていっても」

「何ですか、今さら藍ちゃんポイントを稼いでるんですか?」

「何だよそれ」

「いつもあの別れ道では、姫奈《ひな》と一緒に別れるくせに」

半目をして恨み節をつぶやくと、肩をすくめた。

「まあいいでしょう。今さらでもポイントを稼ぐのは遅くありませんから」

「だから何なんだよ、それ」

姫嶋家へとやってくると、門の前でこちらを振り返った。

「今日は色々とありがとうございました」

「いいよ。これくらい」

「映画のほうも大詰めですし、頑張りましょうね！」

それじゃあ、と手を振ったヒメジは音符でも出そうな足取りで中へ入っていった。

ヒメジが言ったように、出番を終えたクラスメイトたちのほうが多くなり、残りのカットはあと一〇と少し。

途中までの物を見せたあと、また松田さんにアドバイスを求めたけど、とくに言うことなし、と言われた。

批判してほしかったわけじゃないけど、それはそれで不安になる。

家に帰り、俺は自分の部屋で明日の撮影の予習とこれまで撮った映像を確認することにした。

三〇分を想定していたけど、少し長くなるかもしれない。

パソコンの脇《わき》においてあるケースにふと目がいった。

ヒメジのライブ映像が入っているデータディスク。

松田さんはヒメジがいい顔をしているって言ってたから、どういう様子なのか気になってディスクをパソコンに入れて読み込ませた。

動画ソフトが立ち上がり再生ボタンを押すと、ライブの映像が流れはじめる。

公式のＤＶＤというわけではないらしく、ライブハウスの定点映像だった。

ヒメジはすぐに見つけられた。

舞台の上で歌って踊って、笑顔を振りまいている。

そういうキャラじゃないってことを知っているせいか、さっきまで一緒にいたヒメジとなかなか像を結ばない。

タイミングを合わせてお客さんが合いの手を入れていく。最高潮の盛り上がりを見せ、演者とお客さんの一体感がすごい。

松田さんが言ったように、ヒメジはたしかにいい表情をしていた。

ときどき、右手の人差し指と親指を立て、左胸の前あたりに持っていく。

見覚えのあるポーズだった。

お客さんもそれに合わせて、手の形を同じにして天に掲げている。

「このポーズって……」

俺とヒメジが転校前に考えたもので、小さい頃《ころ》に見ていた戦隊ものの決めポーズをアレンジしたものだ。

ふたりの間では秘密のサインっていう扱いだった。

これって、他のライブでもしてるんだろうか。

「なあなあ、篠原《しのはら》。アイカ様のことでちょっと教えてほしいんだけど」

有識者の篠原に俺は電話をした。

『いきなり電話なんてしてきたと思ったら。アイカ様が、何?』

「人差し指と親指を立てるポーズみたいなやつって、よくやってたの?」

『やってたわよ。……ていうか、本人に訊いたらいいじゃないの。どうして私にわざわざ』

「訊きやすいから」

『あ、そ』

「それってライブだけ?」

『そうね。だからあのハンドサインを知っているかどうかで、現場に足を運んでいるかどうかすぐにわかるから、にわかを炙《あぶ》り出せるのよ』

そんなことすんなよ。怖ぇな、古参ファンは。

で、ライブのことを現場って言うのかよ。

いいだろ、にわかでも。……と俺は思ったけど、うるさそうなので黙っておいた。

伏見の演劇をやったホールをハコって言ったあたり、それなりに現場に足を運んだ数が多いらしい。

「どういう意味か知ってる?」

『ファンの間では……』

ああだこうだ、一説にはどうの、とめちゃくちゃ話は長かった。

これ以上聞いていられないので、一段落したタイミングでお礼を言って電話を切った。

「……本人に素直に訊けばよかった」

そう後悔するほど長かった。

思い返せば、意味についての篠原の話は一割も頭に入ってない。

おそらく～、一説には～、たぶん～、なんて単語が話の頭に必ずついたのは覚えているので、正確なことは古参ファンでも知らないらしい。

小さい頃に考えたサインは、決めポーズのようなタイミングで使うには、ちょうどよかっただけなんだろう。

そうまとめていると、電話がかかってきた。

松田さんからだ。

「もしもし。お疲れ様です」

『はぁい、お疲れ～。きゅん、今日の密着ありがとねぇ。今帰ってきて確認したけど、ばっちりよ。めちゃめちゃ素よ。こんな顔するのねぇ、アイカちゃんってば』

「ちゃんと撮れていたみたいでよかったです」

『次もこの調子でヨロシク～』

あ。そうだ。松田さんなら知ってるかもしれない。

「今、ヒメジのライブDVD見てるんですけど」

『あら、そうなの？　いいでしょ、アイカちゃん。グループとしてもかなりアツいライブになってて、アタシもちょっと泣きそうになったやつで――』

あ。これは話が長くなるやつだな？

と思ったので遮るように本題を切り出した。

「ヒメジがやっているハンドサインって、何か意味あるんですか？」

『あれね。ガンフィンガーの』

ガンフィンガー……。

ああ、指で銃みたいな形を作るからか。

『Vサインの変形ってことらしいわ。……意味は「好き」だったかしら』

ポコン、と携帯がメッセージの受信を告げた。

『カントクからのNG集キタ！』

クラスの連絡用グループに、NGシーンをまとめたものをアップロードするとさっそく反応があった。

『ウケるｗｗ』だの、『NGなのにこのドヤ顔であるｗｗ』とか、『おまえ棒読みすぎるだろｗ』とか、NGに対してみんながツッコんでいた。

全員が常に同じ現場というわけでもないし、同じでも撮っている俺にしか見えない表情があったりするので、内輪ウケするだろうなと思ったら、案の定そうだった。

撮影は予定よりも遅くなりながら、どうにか進行し、撮影は二日を残すのみとなった。

元々組んだ予定が、かなり前倒しだったおかげで、学祭までには間に合うだろう。

音楽製作班がちょっと難航しているらしいので、そのへんは臨機応変に対応していく必要がありそうだ。

こっちの映画はある程度目途《めど》が立った。問題はもうひとつのほうだ。

『諒くん、今度宿題やろうー!』

個別に伏見からメッセージを受け取った。

俺の宿題ができていないことを前提にしてやがる……。

間違ってないけど。

お互い予定がなかったので、伏見が明日我が家へ来てくれることになった。


さすが伏見。付き合いが長いだけある。

夏休み三分の二が終わりそうな現在、何も手をつけてない宿題を見て、伏見は呆れるところか、むしろ気合いを入れた。

「わたしは、今から諒くんが無理なく宿題を終わらせられるようにスケジュールを組むから」

「いや、そのスケジュールがすでに無理なんじゃ」

「大丈夫、大丈夫。一日四時間やればすぐだから！」

「全然大丈夫じゃねえな？」

何でそのセリフで目をきらきらさせられるんだ？

「諒くん、わたしのことはいいから、手と頭を働かせて」

「へいへい」

茉菜《まな》がさっき持ってきてくれた麦茶をひと口飲んで、シャーペンを動かす。

夏休みの宿題の問題集に、ようやく解答をひとつ書いた。

「あ、そうだ。学祭のとは別に映画撮ろうと思ってるんだけど、伏見、出ない？」

むーん、と眉根《まゆね》を寄せてスケジュールを考えていた伏見が、ペンを置いた。

「出ないって言うと思う？」

「思わねえ」

「でも諒くん。夏休みの宿題終わらせてからじゃないとダメだよ」

「え」

「何で意外そうな顔をするの。先にこっちでしょ」

ぺしぺし、とまだ山積みの問題集を伏見は叩《たた》いた。

「スパルタかよ」

「やらない諒くんが悪いです」

つん、とそっぽを向いた。

くそう……毎年俺の宿題の期限は、職員室に呼び出されていつまでに提出しろって言われる

それなのに。

「その映画なんだけど、コンテストに応募してみようかなって、思ってて」

「コンテスト……？」

くるりとこっちを振り返った伏見の顔には、興味ありますその話って書いてあった。

「そ。高校生限定の、映画館が主催する短編のやつなんだけど」

説明するのも大変なので、俺はその公式サイトを伏見に見せた。

「諒くん、そういうことは早く言ってよ！」

「ってことは、宿題は」

「スケジュール組み直さなくちゃ！」

見逃してくれないらしい。

「ちゃんと台本があって二〇分の映画なら、撮影は一日でいけるはずだから」

そうだけど……。

俺がげっそりしているのとは対照的に、やる気が漲《みなぎ》ってきた伏見は、目を輝かせながら宿

題のスケジュールを立てはじめた。

「諒くんには頑張って終わらせてもらわなきゃ！　わたしも宿題手伝うから、頑張ろうね！」

先に映画のほうを撮らせてほしいって拝み倒したけど、伏見は全然首を縦に振らなかった。

「……わかったよ。わかった。やるよ。四時間はさすがに無理だけど」

「そんなことないよ。朝起きてから二時間。夜寝る前に二時間。ね、ほら。四時間」

ほらじゃねえよ。三〇分だって怪しいんだぞ、こっちは。

一日勉強四時間なんて未知の領域だった。

「映画撮るようになってから、諒くんが色々と前向きだから嬉しい」

「そんなつもりはないよ」

「わたしにはそう見えるの」

伏見はにこっと満面の笑みを浮かべた。

「受験ってなると、来年の夏休みは四時間なんてもんじゃないだろうしね」

ぞっとするようなことを、伏見はさらりと言う。

そのことで思い出した。

松田さんに事務所に入らないか誘ってみてほしいって言われていたんだ。

「伏見。ヒメジんとこの社長の松田さんが、興味あるんだったら事務所来ないかって言ってたぞ」

「藍ちゃんのところの？」

ぱちくり、と瞬きをすると、すぐに首を振った。

「興味はあるけど、やめておく」

「どうして？」

「何だろう。胡散《うさん》くさい感じがするから」

胡散くさいっていうのはなんとなくわかる。

「そう見えるかもしれないけど、結構ちゃんとした人だよ」

「藍ちゃんみたいなものが、わたしにはまだ何もないし、お芝居の部分を評価してくれる人がいいかなーって、思ってて」

それもそうだな、と俺は納得した。

俺はバイト先でよく会うしよく知っているけど、マネジメントされる側からすれば、松田さんは未知数だろう。

オーディションの選考をしていたわけでもないし、伏見のことをよく知っているわけでもない。

俺たちや伏見の目線からすると、生ぐさい世界の住人である松田さんは、伏見が言うように胡散くささが見え隠れしている。現実主義な点もまだ受け入れがたいところがある。

ヒメジのあの話だってそうだ。

「諒くん？」

「ううん。何でもない」

首を振って、俺は問題集に戻った。

集中が切れはじめると、この前に見たライブ映像が脳裏《のうり》に蘇《よみがえ》る。

ヒメジのあのハンドサインは、松田さん曰《いわ》く、好きの合図らしい。

現場にいるファンや映像を見るであろうファンへのメッセージと考えれば、至極《しごく》当然のものだった。

『前に一度訊いたことがあるわよ。メッセージだと言っていたわ』

その話を教えてくれたときに、松田さんはそう言っていた。

これに関しては本人に直接確認するしかないだろう。

「諒くん、今いい？」

伏見が尋ねてきた。

「どうかした？」

「このコンテスト、優秀賞の賞金一〇万円なんだよ。知ってた？」

「うん」

「どうしよう。獲《と》ったら。すっごく高いお店のご飯とか食べに行こう」

「獲らないって、そんな簡単に」

「わかんないじゃん。わたしもベストを尽くすし、諒くんも頑張る。ほら、ワンチャンある」

ポジティブだなー。

「じゃこうしよう。宿題しなければ製作時間が増えて――」

「無理無理。それは無理だから」

ここだけは絶対に譲ってくれなかった。

いい案なんだけどなー。

「高校生なら全員大差ないよ。むしろ諒くんは一本撮り終えようとしている分実績がある」

「期待させるようなこと言うなよ」

本当にちょっと期待しちまうだろ。

伏見は俺のスケジュールを早々に組み終わると、俺のノートパソコンをベッドまで持っていき、中に入っている学祭映画の動画を観賞しはじめた。

「ぴゃー、こんな感じなんだぁ～。くすぐったい～」

ベッドでじたばたとバタ足をして枕《まくら》に顔を埋《うず》めては、また画面をちらっと見て、バタ足を再開させていた。

「結構できてるじゃん……気になるからもうちょっと先も見ちゃお……」

動画観賞を再開させると、ぐふふ、と照れ笑いのような笑みをこぼす。かと思えば、またぴゃーと変な悲鳴を上げてベッドで暴《あば》れる伏見だった。

目の前で作ったものを見られるっていうのは、ちょっと恥ずかしい。
けど、こんなふうにリアクションしてくれるのは、嬉しくもあった。
耳を赤くした伏見が、またぴゃーと声を上げ、ばしばしと枕を叩いた。

⑥ 密着の終わりと結論

そのことをふと思い出したのは、私以外のメンバーが、自己紹介のときにする簡単な振り付けをそれぞれが考えているときだった。

まだ結成当初のこと。

右手の平を左胸に。

グーにしている状態から、親指と人差し指を立てる――。

『こういうの、どうですか』

私がおそるおそる提案すると、諒《りょう》は不思議そうな顔をした。

『何それ』

『合図です。合図』

『何の？』

『それは――』

転校することが決まってから、ずっと温めていた提案を口にしたときは、さすがに少し緊張した。戦隊ヒーローものの決めポーズをアレンジしたことを言うと、すぐに諒はピンときた。

今にして思えば、会えなくなるのだから合図も何もない。

諒が不思議そうにするのも納得だった。

『いいよ。じゃ、これな』

諒は、私が提案したポーズをしてくれた。

私は諒のことが好きだったし（いや、当時。当時の話ですけど）、諒も私のことが好きだったので、このサインは二人の気持ちを確かめるようなものだと、私は勝手に思っていた。

当たり前というか、転校してしまえば顔を合わせるどころか接点がほぼなくなり、以後、諒とは手紙で何度かやりとりをしたきりで、そのサインを披露し合う機会はなかった。

もしかすると、私がこういう活動をしていることをどこかで知って、見に来てくれるかもしれない――。

あのサインは、ライブ中にだけするポーズのひとつにした。

簡単にできるので、私がやってみせると、お客さんも手を掲げてそのサインを返してくれる。

メンバーから意味を訊かれることがあったけど、意味はないと私は答えていた。

第三者がどう解釈するのかなんて、私にはどうでもいいことだったから。

もしどこかでこれを見てくれて、思い出してくれれば、それでいい。

……というふうに思っていたけれど、諒はそんな出来事があったこともまるで覚えていなさそうで、あのサインどころか、私のことをまるで忘れたかのように、姫奈《ひな》と楽しい高校生活を送っていたことは、嫉妬《しっと》半分苛立《いらだ》ち半分という気分だった。

「あ、そうそう。きゅんにライブ映像を渡したわよ」

ボイストレーニング終わりに、車で迎えに来てくれた松田《まつだ》さんが、車中でそんなことを言った。

「ライブ映像？　へ、へえ。そうですか、そ、そうでしたか」

ドッキン、と大きく一度心臓が跳ねて、胸がドキドキと早鐘のように打つ。

ということは、私があのサインをしているところは、もう見ている……？

「一週間くらい前よ。オーディションが終わったあとくらい。ステージのアイカちゃんを一度見せてあげたくって」

ふふふ、とハンドルを握る松田さんは低い声で笑う。

「よ、余計なお世話をしないでください」

「いいじゃなーい。最高なんだから。見せてやりたいって思ったことくらいあるでしょう。あんなにクールなのに」

クールというのは、直訳的な意味ではなく松田さんの褒《ほ》め言葉の一つだった。

最高に魅力的っていうふうに私は解釈をしている。

見せてやりたい――。たしかに、思わなかったわけではない。衣装も可愛《かわい》いし、歌もダンスも自分なりの全力のパフォーマンスをいつも披露しているつもりだ。

けど、今度会ったときにその話を振られたら、私はどういう顔をすればいいだろう。

「取材映像もばっちりだし、きゅんは結構上手なのよねぇ」

直接言ってあげればいいのに。

地元に戻ってからの諒は、何かをこじらせてしまったのか、少し卑屈《ひくつ》に感じるところがある。

「ど、どうして、そんなことをするんですか。諒にライブ映像を渡したり、密着カメラマンに抜擢《ばってき》したり……松田さんにとっては、ただのバイトじゃないですか」

「そうね。アタシにとっては、ね。でも、アイカちゃんにとっては、違うでしょ？」

ちらっとこっちを向いたイケメンオジさんオネエは、助手席の私にぱちんとウィンクした。

「はい。まあ、幼馴染《おさななじみ》ですし？　昔から知っている仲ですし？」

「あー。はいはい。そうだったわ、そうだった」

「何ですか、その反応ー！」

私が怒ったように声を上げると、くつくつ、と松田さんは笑う。

「きゅんは、アイカちゃんのことを何とも思ってないわけじゃないみたいよ」

「え…………え、え、そ、そ、それは、ええっと、どういう……!?　な、何ともって、じゃ、何だと思って――」

「顔、真っ赤《まか》よ」

「っ」

思わず髪の毛で横顔を隠した。

「そ、そ、そ、諒が、そう言ってたんですか？　な、何かそう思わせる根拠のようなものが……？」

赤面を悟られまいと窓のほうへ顔を向ける。ガラスには、反射した顔の赤い私が映った。フラッシュ映像のように、あの日のあのサインをする諒のことが思い出された。

「ん～。内緒」

「……はぁっ。適当なこと言ってませんか」

「言ってないわよ」

「そうですか？」

私は疑いの目で松田さんを流し見る。

「伏見《ふしみ》ちゃん、だったかしら。幼馴染の。あの子もすごくイイわねぇ」

「……ええ。それがどうかしましたか」

「ひとつ言っておくわよ、アイカちゃん」

今度は何を言い出すんでしょう。

私は松田さんを一瞥《いちべつ》し、言葉を待った。

「大切ならきちんと繋《つな》ぎとめておかないとダメよ？」

「……何ですか、そのアドバイス」

「イケメンオネエからの忠告よ」

オジサンとは自分では言わないんですね、と頭の隅でなんとなく思った。

松田さんに家まで送ってもらい、お礼を言って別れた。

松田さんの言葉が何を示唆《しさ》しているのか、わからない私ではない。

正直に言うと放っておいてほしいところではあるし、焚《た》きつけようとしている気配もあった。

けど、あれはあれで正論なので無視することはできない。

すると、携帯が諒からのメッセージを受信した。

もしかすると、あの話題に触れるかも、と思うと少し緊張する。

『明日も取材よろしくな』

……と、開いたメッセージにはあった。

「らしいと言えばそうなんですけど」

安心したような、肩透かしを食らったような、そんな気分だった。

深呼吸をして気分を入れ替える。

『こちらこそ。変なのは撮らないでくださいね！』

かつての手紙は、数か月に一度のペースだったし、電話をしたことも、転校してから顔を合わせることもなかった。

けど今は、メッセージを送れば、数分後には返ってくる。

明日も顔を合わせて、帰り際には、またね、と言い合える。

私にはそれが少し嬉《うれ》しい。


「今日は、歌のお稽古ですね」

カメラを向ける諒に言うと、「あ、そか。ミュージカルだもんなー」とぼそっと独り言をつぶやいた。

「やること多くない？　芝居して歌って踊るって」

「そうですか？　私は、ダンスも歌も好きなので、お芝居一辺倒《いっぺんとう》のお稽古より楽しいですよ」

「ならいいんだけど」

前回とは違うレッスンスタジオへやってくると、スタッフさんに挨拶《あいさつ》をして、中に入る。

靴を上履《ば》きへ履《は》き替えていると、声をかけられた。

「アイカちゃん、おはー」

キラリ、と白い歯を見せて、後ろから安田《やすだ》さんがやってきた。

モデル出身の安田さんは、背が高く、祖父がイギリス人かどこかの国のクォーターだという。

爽《さわ》やかイケメンと評しても何ら問題のない人で、この前、諒に撮影禁止と注意した人だ。

「おはようございます。今日もよろしくお願いします」

「あ。お、おはざっす……」

私に続いて、諒もカメラを持ったままぎこちなく挨拶をする。

諒と胸に提《さ》げている撮影許可のカードを確認して、目を細めた。

「今日もカメラいるんだ。すごいね、スターじゃん」

「そんなことないですよ。社長がただ裏側を撮りたいっていう方針なだけで」

苦笑で私は手を振って否定する。

他の演者さんに話しかけられた安田さんは、私に小さく手を振ると通路を奥のほうへ歩いていった。

「言いましたっけ。あの安田さんが、舞台では私の相手役なんですよ」

「マジか。めっちゃイケメンだな……」

諒は、何の変哲《へんてつ》もない感想をこぼした。

「復帰してからの芸名は姫嶋《ひめじま》アイカなんだなぁ……」

もうちょっとこう、私に対して思うことはないんでしょうか。

「おほん。手を繋いだり、腰に手を回したり、ハグされたりもするんです」

「あ、ラブストーリー的なやつ？　そういや、全然内容聞いてなかったわ」

「そうなんですけど……」

食いつくところはそこじゃないんですよ。この朴念仁《ぼくねんじん》は、本当にもう……。

松田さんは何とも思ってないわけじゃない、と言ったけれど、本当にそうなんでしょうか。

教室ほどあるスタジオの隅で、歌い上げるセリフに目を通し、つぶやくように歌ってリズムを取る。

主演の私が一人で歌うソロパートは、出演者の中では最多数。

歌のお稽古は今日で二度目。

普通に歌うのとは勝手が違うらしく、前回注意されたメモを見返して復習をしていった。

ちらり、とこちらを見つめているレンズを見やる。

「意識すんなよ」

「しっ――――、してません！　誰《だれ》があなたなんかっ！」

はっと気づくと、スタジオにいた人たちがこっちに注目している。

恥ずかしくなって、私は肩をすくめた。

私の急な大声に目を丸くした諒が、とんとん、とカメラを叩《たた》いた。

「いや、これだよ。カメラ」

「知ってますけど」

「撮られていることを意識すんなって言ってんだよ」

「……しますよ。ちょっとくらい」

「さっきドキュメンタリーふうな表情作ったろ。歌詞読んでるとき。そういうの要らねえってさ」

……何ですぐわかるんですか。

おはようございますの数が増えていき、スタジオにはレッスンを予定している数人が揃《そろ》いはじめていた。

「なあ、ヒメジ。松田さんから俺《おれ》のことで何か聞いてない？」

「え。何かって、何ですか？」

「いや、とくにないならいいんだ」

頭に疑問符をつけて私は首をかしげた。

「グループのライブ映像をもらったって聞きましたけど、もう見ましたか？　感想ありますか？」

私はこれっぽっちも気にしてませんから。

今も歌詞の読み込みと前回の注意点に気をつけながら……。

「うん。見たよ」

「へ、へえ」

「カッコよかったよ。衣装や演出とかも映えてて」

「ほ、他には……？」

「これ」

あのポーズを諒がやった。

「お、お、覚えてる、んですか？」

「うん。思い出した。あれだろ。転校前に決めたやつ」

「そ、そうです！　そうです！」

過去のことを忘れた記憶喪失マンだと思っていましたが、ちょっとしたことがきっかけで思い出すものなのですね。

「ライブにはぴったりだよな。お客さんもあのサインをやって盛り上がってたし」

「ぴったり？」

「うん。好きって意味なんだろ」

間違ってはいないのですが、ちょっと角度が違うというか……。

どう説明したらいいか困っていると、時間になり先生のもとへ私を含め演者たちが集まる。

レッスンがはじまる気配を察して、諒は部屋から出ていった。

私がこうしている合間は暇ではないのか少し心配だったけど、今日は自前のノートパソコンと問題集を持ってきていた。

この時間は、学祭映画の編集や夏休みの宿題に費やすらしい。

昨日、姫奈が映画を途中まで見たらしく、興奮気味に感想を教えてくれた。

感想の半分以上がヤバいだったので、自分の目で確かめろということだと私は解釈した。

先生から、またいくつかの小言を……もとい改善点を指摘され、それをひとつずつメモしていく。

「アイカちゃん真面目《まじめ》〜」

ひやかすように、安田さんが小声で話しかけてきた。

「私は、下手クソなので」

「なことないよ」

いえいいえ、と私は首を振った。

休憩に入ると、諒がまた中に入ってくる。

「あー。カメラマンだー。今日も取材?」

劇団員の大学生くらいに見える女の人(名前はまだ覚えてない)が、諒に話しかけていた。

「はい。今日もお邪魔させてもらってます」

「えっ。これもう撮ってる?」

「はい。撮ってますよ」

「可愛く撮ってね。高森《たかもり》諒くんだっけー?」

「はい。えと、吉永《よしなが》さん、でしたっけ」

いつの間に名前を。

「そうそう。覚えててくれたんだ。高校生なのに、事務所のカメラマンなんてすごいんだね」

「いやいや……ほんと、たまたまなんで、全然……ハイ……」

……何照れて鼻の下伸ばしてるんですか。

「おほんっ」

ずんずん、と歩み寄ってレンズの前に私は体を割り込ませた。

「今休憩です。誰を撮るカメラだと思ってるんですか」

カメラに向かって私が言うと、キョロキョロ、と私と諒を見た吉永さんがニマニマした。

「え、あ。そゆこと？　そゆこと？　わわわ。ごめんね。姫嶋さん。そういうつもりはなくて。マジゴ、マジゴ」

両手を合わせて愛想よく吉永さんは謝った。

「マジゴ」は、たぶん「マジでごめん」の略だと私は思っている。

大型の携帯型タンクに入っている麦茶を飲もうと、紙コップをふたつ用意した。

「密着のくせに、何で入口に立ちっぱなしなんですか」

諒は、カメラを構えてレンズだけで私を追っている。

不満混じりのため息を私は吐き出した。

入れた麦茶を飲んでいると、安田さんが話しかけてきた。

「おっつー、アイカちゃん」

「お疲れ様です」

「あ、これ、オレの？　サンキュー！」

「え、いや、あの」

片手に持っていた麦茶を入れた紙コップをぱっと奪われてしまった。

安田さんは、ノリが軽いというか、それがいいところではあるのだろうけれど、私には軽薄な印象があった。

「今日稽古終わり何か予定ある？」

「いえ……とくには」

「ご飯行こうよ。奢《おご》るから」

「あ、すみません。用事思い出しました」

「そんな嘘《うそ》つかないでよー。主演同士じゃん。仲良くしようよ」

「舞台上で仲良く見えればいいのでは……」

「甘いなぁ、そういうところは演技にも響くよー？　ぎこちなさっていうかさ、見る人が見ればバレちゃうよ」

そ、そうなんでしょうか。

「一時間だけ。一時間だけだから」

「ええと……」

「イタリアン、イタリ…………ん。何撮ってるの」

安田さんが、カメラを持ったまま接近していた諒に気づいた。

いつの間に。

「あ、いえ。密着カメラなので、気にせずどうぞ。イタリアン、いいですね」

「え。ついてくんの？」

「あ、はい。ヒメジ……姫嶋さんの密着なんで」

「………」

気勢を削《そ》がれたのか、安田さんは、つまらなさそうにため息をついて何も言わずその場を去っていく。見送った諒が構えたカメラを下ろした。

「あんなシーン撮らなくても」

「撮ってねえよ。カメラ構えてただけだから」

「仲良くしておいたほうがいい、と。ぎこちないと演技にも響くから、と……」

「だからついて行ったほうがよかったって？」

「はい」

と、本心にもないことを私は言う。

仲良くしたい人とだけ、私は仲良くしたい。

「んー。俺は芝居のことはさっぱりだけど……ヒメジ、なんか、嫌そうな顔してたから」

なんで、この人は……そんなことばっかり気づくんですか。

「諒にわかるんですか。私の表情が」

「レンズ越しにずっと見てたからかな。違ってたらマジゴ」

その単語が使いやすいのはわかるけど、吉永さんとのやりとりを思い出して、イラッとした。

「何がマジゴですか！」

「怒んなよ。悪かったたって」

「もう！　気まずくなってしまうかもしれないじゃないですか」

別にそんなことどうでもいいのに、本心とは違う言葉をつい口走ってしまう。

「悪かった。ごめんって」

「もう要らないので、これあげます」

麦茶が残る紙コップを渡そうとすると、即断られた。

「自分で入れるから大丈夫。要らね」

「私の好意を……」

「おまえの好意ささやかすぎんだろ。ひと口分しかない麦茶ってなんだよ……せめて入れ直してくれよ」

「飲みたいなら早くしてくださいね。もう休憩終わりますから」

私は同じ紙コップに麦茶を注《そそ》いで諒に渡す。

諒は紙コップを見ると、縁《ふち》の部分を凝視してくるくると回した。

「慎重ですね。私と間接キスをするチャンスだからって」

「しないように気をつけてんだよ」

「中学生みたいですね」

「うるせーよ」

　ああ、もうわからん、とさじを投げた諒は、適当なところに口をつけて紙コップの麦茶を呷《あお》った。

「残りも頑張れよ」

「言われなくても」

　さっきに比べて、やる気が増しているのを感じる。

　もしかすると、私は自分が思っている以上に単純なのかもしれない。

⑦ ツンデレ火山

ヒメジの密着取材が終わると、編集作業に入った。

外注したプロがやるって聞いていたけど、予定通りにいかなかったらしい。

「有り得ないわ、あの人っ。ブラックリストに入れてやるわッ」

あまり怒らない松田《まつだ》さんも、このときばかりはイライラが治まらない様子で、ずーっと貧乏ゆすりをしていた。

愚痴を聞いていくと、どうやらその有り得ない人っていうのが、密着映像を仕上げるフリーのプロだったようだ。

「大丈夫なんですか？　映像のほうは」

「三日後には各所に送る予定なんだけれど……これがまた代わりが捉《つか》まらないのよ……」

松田さんはため息をついて、今度はしょぼん、と肩を落とした。

そんなに代役っていないもんなんだな、と俺《おれ》が思っていると、

「ある程度の力量があれば案外引っ張りだこなのよ、この業界。まともな人に限るわよ、もちろん。今回みたいに期限がなければ引き受けてくれたんでしょうけれど……」

ちらっと松田さんは俺を見る。

「きゅん……やってみる？」

「え？」

「もう、あなたしかいないわ……！　やってみるっていうか、やってちょうだい！」

目がマジだった。

「えぇぇぇ」

そんな急な。しかもこれ、ヒメジを売り込むためのＰＶなんだろ？　素人の俺がやっていいのか？

「責任重大すぎやしないですか」

「何かあればアタシが責任とるから」

「うわ、やば。男前」

「男前はやめなさい！　イケメンって言いなさい」

「すみません」

どう違うんだ。オトコっていう響きがダメなのか？

「アタシの事務所にこういう子がいて、こういう活動をしてますよっていう名刺代わりのものだから――」

「じゃ、三日後じゃなくても」

「ダメよう。グラビアの内部オーディションがあるんだから」

ぐ、グラビアっ⁉

海に行ったときのヒメジの映像が思い出された。

「……」

ぶんぶん、と頭を振って、俺は映像をかき消した。

「ぐ、グラビアなんて、やるんですか……？」

「漫画雑誌の表紙だったり、週刊誌のやつよ。見たことくらいあるでしょう？」

「ヒメジがやりたいって、言ってるんですか？」

「んもう、おバカさん。今女優で大成功しているあの子もその子も、最初はそういうところからはじまってるのよ」

指折り数えながら松田さんは具体名を挙げていった。

俺でも知っているレベルの有名女優やタレントたちだった。

「でも本命は、ピルキスのCMなんだけどね。それがちょうど三日後」

ピルキス……！　俺も好きな乳酸菌のジュースだ。

ピルキスは、清純派系の若手女優の登竜門《とうりゅうもん》とされていることが多い――ってバラエティ番組か何かで言っていたのを聞いたことがある。

「責任重大すぎないですか」

「ダメ元なんだから。こういうのは。落選したって気にしなくてもいいわ。内部オーディションなんて、正式に決まるまではアイカちゃんにも言わないし」

　そう言ってくれると、俺も気が楽になる。

「数を打つのよ。応募にお金がかかるわけでもないし、精子のおたまじゃくしと一緒なんだから」

「生々しい下ネタいきなり言わないでくださいよ」

「話を戻すけれど、きゅんが作っているような映画ほど長くなくていいのよ。PVなんだから。五分がせいぜいってところかしら」

「五分？　三日で？」

「かなりキツいかもしれないけれど、もうきゅんしかいないのよ」

「その長さで三日なら、できますよ」

「――やぁだぁぁぁぁぁイケメンンンンンンンンン」

「松田さんが求めるような質の映像になるかはわかりませんよ。もちろん尽力はしますけど、いいですか？」

　最終確認をすると、松田さんは覚悟を決めた顔でうなずいた。

「アタシも細かくチェックしていくから、直すところがあれば教えるわ」

「わかりました。頑張ります」

こうして、俺はヒメジのPVも作ることになった。

使ってほしいシーンをあれこれ挙げられ、それをメモしていった。

こんなふうにしてほしいっていう松田さんがイメージしているネットにある動画を見せてもらい、それを参考にしながら、編集をしていった。

たぶん修正が入るだろうし、ギリギリに作るのはよくないと思って、家に持ち帰ってからPV作業をすることにした。

学祭映画のほうはまだ余裕があるので、PV優先だ。

「にーに、何してんのー？　もう日付変わるよー？」

パジャマ姿の茉菜《まな》が俺の部屋に顔を出した。

「うん。今ちょっと他の作業してて」

中に入ってきた茉菜が、パソコンを覗《のぞ》く。

「にーに……何してんの……藍《あい》ちゃんでしょ、これ……」

機嫌悪そうな低～い声だった。

ちら、と見上げると、半目の茉菜は軽蔑《けいべつ》の眼差《まなざ》しを俺に送っている。

「うん、ヒメジの映像を今――」

「盗撮じゃんっ！　ストーカーじゃんっ！　にーにのアホ！　バカ！　童貞盗撮魔！」

「待て！　誤解だ！　話を聞け！」

「藍ちゃんに言うし、ママにも言うから！　け、け、警察にも」

「これはヒメジも知ってるやつだから」

「藍ちゃん、あたしの知らない間に変な性癖に目覚めて……にーににその手伝いを」

「違ぁ────う！」

怒ったりショックを受けたり、と大忙しの茉菜の暴走を止めるのに小一時間かかり、ようやく説明をきちんと聞いてくれた。

「そうなんだっ。てへ。マジゴメス」

俺を童貞盗撮魔呼ばわりした妹は、てへで済まそうとしていた。

マジゴメスってなんだ。マジでごめんのことか？

「おほん。──にーに、やるじゃんっ」

さっきの誤解の失点を挽回するかのような超笑顔だった。

ストーカーだの盗撮魔だの言っていたのに、俺の大役を聞くなりあっさりと手の平を返しやがった。

「つーわけで、今その作業をしてて……」

「見せて見せて、どこまでできたの」

俺は、できている三〇秒ほどの映像を再生してみせた。

「……すっごい可愛《かわい》いね、藍ちゃん」

ぽつり、と茉菜がこぼした。

てことは、上手《うま》く撮影と編集ができてるってことかな。

「にーにが撮ってるからかな。じゃ、にーには、いつもこの藍ちゃんを見てるんだ」

「この藍ちゃんって……みんな同じだろう」

「あたしや姫奈《ひな》ちゃんに向ける表情とは、一味違うよ」

俺はそれを向けられたことがないし、比較もできないから違いがわからなかった。

作業に戻ろうとすると「にーに頑張ってね」と茉菜は投げキスを連発して部屋を出ていった。

「俺にだけ向けている表情、か……」

俺にだけ――――。

自意識過剰かもしれないけど、やっぱりあのハンドサインは――俺に向けているんじゃないのか。


三日の作業期間を経て、ヒメジのＰＶを作り終えた。

それだけ集中してやったのかと言うとそうでもなく、夏休みの宿題も合間にこなしていたので、根を詰めたってほどでもなかった。

肝心の成果物は、松田さんの要望を聞いて多少変更をしたところはあったものの、幸い修正らしい修正はほとんどなかった。

どんな仕上がりになったのかは、この反応通り。

「いいじゃない。いいじゃなぁーいっ」

ときどき確認していたはずの松田さんでも、社長室で声を上げて喜んでいた。

こんな反応をしてくれるなんて思ってもみなかった。

「これで先方にも送れるわ。助かったわぁ、きゅん。ありがとう」

「こちらこそ。こんなこと、なかなかできないと思うのでいい経験になりました」

ごそごそ、と松田さんは鞄《かばん》をまさぐると、取り出した大きな長財布からぱっと紙幣を抜いた。

「今回の報酬よ。ごめんなさいね、裸で。もらってちょうだい」

一万円札が五枚あった。

「え、いいんですか、こんなに」

「正当な対価よ。どこかの常識知らずクソ野郎に払うってなると、もっとかかってるんだから。それを考えれば、割安で済んでありがたいくらいよ」

バックレたことをめちゃめちゃ根に持ってる松田さんだった。

「撮影に関してもただ働きだったし、特急料金込みって考えれば五万円は超割安よ？」

「そうですか？」

「スキルは高く売りなさい。自信があってもなくてもね」

スキル……。

その言葉に後押しされて、俺は報酬を受け取った。

「ありがとうございます。こんな大金持つなんて、はじめてです。帰り落としたらどうしよう」

「やだ、可愛いこと言うじゃない」

くすっと笑って、松田さんは自分の仕事に戻ろうとする。

けど、話が終わったのに席に帰らない俺に気づいて目線を上げた。

「どうかした？　まだ何か」

「松田さん。あの話、嘘《うそ》じゃないんですか」

「あの話って？」

「ライブ中、ヒメジがやっていたサインのことです」

「『好き』を表すっていう意味でしょう」

「……俺、確認したんです。ヒメジに」

「なんて言ってた？」

「松田さんにそうだとは言ってないって」

何でそんな、確認すればすぐわかる嘘をついたんだろう。

うっすらと覚えているあのサインの意味。

俺の記憶はかなり怪しいので、なかなか訊けずにいたけど、今回の密着案件が落ち着いたこともあって、俺はヒメジに改めて訊いたのだ。

『「好き」っていう意味？　はぁ？　違いますけど』

俺がそうだと記憶していると勘違いしたヒメジは、急に機嫌を悪くした。

『いやいや、俺がそう思ってるんじゃなくて、松田さんがそういう意味だって言うから』

『誰《だれ》にも言ったことはないです。あのサインの意味は』

アイカとしての公式回答は『サイン自体に意味はない』だった。

当時ではどういう意味だったのか、俺が答え合わせをすると、下降したヒメジの機嫌は上方修正された。

松田さんは、仕事の手を休めることなく、さらりと謝った。

「じゃあ、アタシの記憶違いのようね。ごめんなさい」

「いえ……」

俺も人のことは言えないので、記憶違いについて強く責められない。

けど、この前の松田さんからのお願いがあったせいか、ちょっとした意思のようなものを感じる。

「ヒメジと恋人になるっていう話も、断らせてください」

そもそも、第三者に言われてなるようなものじゃないだろう。

「アイカちゃんのことは、何とも思わないわけじゃないでしょう」

「そりゃ、まあ」

「もう一度言うけれど、あなたがうなずけば、アイカちゃんも喜んでくれるはずよ」

「本人は何て言ってるんですか」

「あの子が言うわけないでしょう。でもわかるわよ。密着した映像を見ても、あなたにしかしない表情をしているわ。これが恋じゃなかったら何なの」

茉菜も俺にしか見せない表情だって言っていた。

「そうかもしれませんけど……本人がいないところでこんな話をするのは、違うと思うんで。すみません」

「青いわね」

俺はもう一度「すみません」と謝罪を口にした。

「今はそこまででなくても、関係をステップアップさせていくにつれて、ぞっこんラブになればそれはそれでハッピーエンドだと思わない？」

「……」

ヒメジは喜ぶはず、と松田さんは言う。でも本人がそれを了承しているわけじゃない。

俺の反応の悪さを感じたのか、松田さんは、はぁ〜、と呆《あき》れたようなため息をつく。

「今のうちだけよ。好きだの好きじゃないだの、うだうだ、うだうだと考えられるのは。とくにアイカちゃんなんていつ忙しくなるかわからないわけだし」

頬杖《ほおづえ》をついて俺を見上げてくる松田さん。

「まあいいわ。無理強《じ》いするつもりは当然ないから安心してちょうだい。完全にないってわけでもなさそうだし、ゆっくりと考えていけばいいわ」

付き合って恋人になったヒメジを想像してみるけど、まだ靄《もや》がかかっているように上手く想像ができない。

「恋は、勝手に育ったものもあるけど、育てていく恋もあるのよ、きゅん。覚えておいてちょうだい」

……なんか深い言葉だな。

こうして終業の時間になり、俺は社長室をあとにした。

財布には臨時収入があるので、いつも世話を焼いてくれる茉菜に何か買って帰ろう。

◆Ｓｉｄｅ　Ａｎｏｔｈｅｒ◆

バイトが終わった諒《りょう》を席から見送り、松田はまたひとつため息をついた。

彼に作成してもらったＰＶをもう一度確認してみる。何度見ても出来栄《できば》えはよく満足できるものだった。

作った映像には、鋭敏な感性がたしかにあり、まだ未熟な点は多々あるものの、見所はある。

本人にまだ技術がないからこそ、自身の性格のようなものがダイレクトに反映されているように、松田の目には映った。

鋭敏な感性がある半面、極度に鈍感な面もある。

とくに、自分に向けられる好意的な感情については。

好意を直接伝えたとしても、簡単に信じないようなタイプだろう。

あの手の人材には、どこかしら欠落しているものがある人が多い。それなら納得だ。

「きゅんはクリエイター気質ね。完全に」

ぽつりとつぶやいて、松田は携帯を手にして電話をかけた。

「あ、もしもしー？　アイカちゃんお疲れ様ぁ」

『お疲れ様です。どうしたんですか』

訝《いぶか》しそうな声が返ってくると、松田は密着取材が仕上がったことについて説明し、労《ねぎら》いの言葉をかけた。

「よくできてるわよ。きゅんのおかげでね」

『そうですか。よかったです』

「あのね、アイカちゃん。バレバレよ？」

『何がですか』

しらばっくれて、んもう、と内心思って核心を突きにいった。

「あなた、きゅんのこと好きすぎるでしょ。恋しまくりじゃない」

『えっ。――ち、ち、違いますっっっ！』

耳元で叫ぶだろう、とさっと携帯を離したおかげで、鼓膜への衝撃は緩和された。

核心を突いたせいか、音割れをした音声が立て続けに聞こえてきた。

「ツンデレ火山を大爆発《ばくはつ》させちゃったわね」

と、ぼそっと言っても、

『どこがですか！　何がですか！　全然です、全然なんですからっ！』

と大声で連呼する藍に聞こえるはずもなかった。

「あんなデレデレした顔をして……ムッツリスケベな女ね、んもう」

『誰がむ、む、ムッツリスケベですかっ』

「アイカちゃん、アタシはね。きゅんと恋人になって、お付き合いしてほしかったのよ」

『へっ……？　――ど、どうして私が諒とっ、おっ、おつ、おつき、お付き合いしないといけないんですか！』

気持ちの正の部分を他人が言い当てれば、本人は負の言葉を返す。

松田は、この子はこの子で難儀ねぇ、と出かかった発言を呑《の》み込んだ。

面倒くさい者同士でお似合いなのに、とも思う。

「もう知らないわよ。青春できるのなんて、今のうちだけかもしれないのに。舞台が成功すれば、どんどんお仕事が入って、今みたいな生活ができなくなるわよ？」

これは効いたらしく『うぐう……』と変な呻《うめ》き声が聞こえるだけだった。

「ライブ中のとくに意味がないあのサインだって『好き』ってことにしちゃえばよかったのよ。間違いではないじゃない。どうして上手に利用できないのかしら」

『諒に適当なことを言って変なことを吹き込まないでください』

「あのサイン、本当はどういう意味だったの？」

松田が尋ねると、はっきりと、けれどどこか嬉《うれ》しそうな口調でこう言った。

『内緒です』

「あら、楽しそうで何より。……今の生活がいつまでも続くと思わないことよ、アイカちゃん。カマせるうちにぶちカマしておかないと後悔するんだから」

『はいはいはい、わかりましたわかりました。お仕事お疲れ様でしたぁ！』

投げやりな言い草をすると、すぐにぷつり、と通話は切られてしまった。

椅子の背に深くもたれた松田は、ため息交じりに苦笑する。

「世話が焼けるわぁ、ほんと」

手のかかる子ほど可愛いとは、きっとこのことなのだろう。

⑧ アニバーサリー

買い物といえばここ、浜谷《はまや》駅周辺。

「にーに、今度はあっちのショップ行きたい！」

茉菜《まな》が指さす方向へずんずんと歩いていくので、俺《おれ》は小走りであとを追った。

「そんな急ぐ必要もないだろ。あと、にーにって呼ぶな」

「いいじゃん。『にーに』のほうが可愛《かわい》いっしょ？」

可愛いか？

早く早く、と茉菜は俺の腕を掴《つか》んで先を急《せ》かした。

暴力的な紫外線の下、俺は茉菜と買い物に来ていた。

俺は映画の作業をしたかったので外に出る気はさらさらなかった。暑いし、とくにほしいものもないし。

太陽とはベストフレンドらしい茉菜は、この日差《ひざ》しをまるで気にする様子もなく、いつも通り元気いっぱい。

「高校生にもなって、妹と買い物とか……」

恥ずいんだよな、身内と一緒って。

だからといって、誰《だれ》かと一緒に出かける機会はほぼないんだけど。

「何がヤなのー。好感度アップだってば」

「何で」

「家族に優しい人はモテる。……気がする」

「別にモテたいわけじゃないしな」

「にーには思春期をどこに置き忘れてきたの」

そういうやつだっているんだよ。

商業施設にやってくると、茉菜に従いエスカレーターで上へ上へと昇っていく。空調が効いているおかげで、汗もようやく止まった。

「ここ、ここ」

音符でもつきそうな口調で言う茉菜が、目当てのショップへと入っていった。

そこは茉菜が好きそうな、ギャル系のファッションを主に扱っている店だった。店員さんもその手のギャルで、メイクもばっちりギャルメイク。

「じゃ、俺あそこで休んでるから」

離れた場所にあるベンチを指差すと、「にーにも」と茉菜は俺が逃げないように腕を絡《から》めて店へと入っていく。

「俺がいても邪魔になるだけだって」

そんなに店内は広くない。お客さんも店員さんもギャルばっかりだし、普通の店より何倍も居づらい。

「アニバーサリー」

「くっ……わかったよ」

こいつ、俺の操縦方法を学びだしたな？

ここに来るまで、もう三度もその呪文《じゅもん》を茉菜に唱《とな》えられた。

昨日の夜、撮影もなくこれといった予定もないことを俺に確認した茉菜は、買い物に付き合ってほしいと言い出したのだ。

普段の俺ならテコでも意見を変えたりしないんだけど、茉菜が決定打を放った——。

「あたし、明日誕生日」

「おめでとう」

反射的に出た言葉だったので、感情はこれっぽっちも入ってなかったと思う。

「明日ってってんじゃんっ。だから買い物、付き合って」

「……祝ってくれる友達いないのかよ」

「いるし」

「じゃその子たちとハッピーなバースデーしたらいいんじゃゃ……」

「あたしの一五歳の誕生日、祝ってくんないの？」

悲しげに俺をじいっと見つめてくるので、俺は降参の意味を込めて両手を上げた。

「大事な妹の誕生日をにーににも祝わせてくれー」

抑揚感情ともにゼロの棒読みのセリフだったけど、それでも嬉《うれ》しかったのか、茉菜はその場で小さく跳ねた。

「やった。仕方ないから祝わせたげる♡」

どこいこっかなー、と考えていると、思い出したように俺に言った。

「にーに愛してるぅ」

「はいはい」

——というわけで、妹の誕生日が今日。

茉菜の意に沿わないことがあると、魔法の呪文を唱えて思い通りに事を進めるのである。

今日くらいは、完全服従で付き合おう。飯も夏休みに入ってから毎食作ってくれているし、撮影で早起きが必要なときは起こしてくれるし、日頃《ひごろ》の感謝とお祝いの気持ちを込めて。臨時収入も入ったことだし。

親しげに店員さんと何かを話している茉菜は、ハンガーを手に悩んでいた。

「あっ、さっきからそばにいるこの人、マナちゃんの彼ぴ？」

店員さんと目が合うと、さっそく勘違いされてしまった。

「いや、違いま」

否定しようとする俺を遮《さえぎ》り、茉菜が力強くうなずいた。

「そっ」

そっ、じゃねえよ。

「彼ぴっぴ」

彼ぴっぴ⁉

「どんな人がマナちゃんの彼ぴなのかと思ったらー、ちょっと思ってた感じじゃなかったかなー？」

「まあね。あたし、チャラいのヤだから」

「なるー。彼ぴさん全然チャラくないもんねー」

うむうむ、と俺は赤べこのようにうなずいた。

高森《たかもり》諒《りょう》とチャラいは対義語。辞書にも書いてありますからね、ええ。

「いいなあ、デート」

「でっしょー」

にへへ、と照れたように茉菜は笑う。

茉菜は選んだ服を試着するため、奥の試着室へ入っていった。

付き合うだけって茉菜は言っていた。何かをねだるわけでも、買えって強要するわけでもなかった。

まっすぐこの店に来て、店員さんともそれなりに仲がいいってことは、このお店は気に入っているってことでいいんだよな……。

「あの、店員さん」

「何ですー？」

「茉菜に合うアクセサリー、ありますか？」

ぴこん、と何かを察したような顔をした店員さん。口元をゆるめると、アクセサリーコーナーに俺を案内してくれた。

「今買おうとしている服に合わせるなら――」

そうやっていくつか勧めてくれたうちの、どれにも合わせやすいって教えてくれたシルバーのブレスレットをこっそり買った。

簡単な世間話をしていると、買い物かごを手に戻ってきていた茉菜が、冷たい目をしていた。

「何してんの」

「ちょっと話してただけ」

「ふーん？」

疑いの目だった。

目当ての服を何着か買った茉菜と店を出ようとすると、あの店員さんが見送りに店先まで出てきた。

「彼ぴさん、マナちゃんとってもいい子だから大事にしてくださいね」

「そ、そういうのいいからー！」

慌てて茉菜が店員さんの会話を止めようとする。

「だってぇ、マナちゃん、可愛くてモテそうなのに、全然オトコの影が見えなかったから～」

「そ、そうだけどっ……」

また今度ね、と茉菜が無理やり立ち去ろうとする。

俺は店員さんに一言言っておいた。

「茉菜がいい子なのは、たぶん俺が一番よく知ってるんで、大丈夫だと思いますよ」

「っ！」

べし、と茉菜に肩を叩《たた》かれた。恥ずかしかったのか、顔が妙に赤い。

「何言ってんの、にーに」

ほら行こ、早く、と飼い犬を急かすみたいに茉菜は言う。

下りのエスカレーターに乗ると、一段下の茉菜がこっちを振り返った。

「いきなり何言うかと思ってびっくりしたんだけどっ」

「心配させるよりはいいだろ」

ま、そうだけど、と茉菜は言って、怒ったように眉間に皺《しわ》を作った。

「言っとくけど、あたし以外のギャルはダメだからね！」

何なんだよ、その縛り。

やれやれ、と俺は呆《あき》れたようにため息をつく。そうだ、忘れないうちに渡しておこう。

「茉菜、これ」

さっき買って鞄《かばん》に忍ばせていたアクセサリーを袋ごと取り出し、茉菜に渡した。

「誕生日おめでとう」

「え⁉　なにこれ、なにこれ！」

受け取った茉菜は、中身を確認して感嘆の声を上げた。

「ええええ〜！　めっちゃいいんだけど〜！　めっちゃ好みだし、めっちゃいいんだけど〜！」

同じことを二回言う茉菜は、目を輝かせながら興奮していた。めっちゃってめっちゃ言っている。

店員さんに感謝しかない。来年も茉菜が脱ギャルしない限りはお世話になろう。

「にーに、愛してるぅ」

テンションの上がった茉菜が、俺の腰のあたりに抱き着いてくるので引きはがした。

「やめろ。人が見てるだろ」

はーい、と上機嫌な茉菜は、さっそく俺が買ったアクセサリーを腕につけ、頬《ほお》をゆるめながらずっと眺めていた。

⑨ ブレとコンプレックス

ヒメジのPV作成が終わり、学祭映画の撮影も終わりが見えたこともあり、望まない戦いへと身を投じざるを得なくなっていた。

「諒《りょう》くん、そこはね――」

今日も今日とて、伏見《ふしみ》が部屋へやってきて俺《おれ》の宿題を見てくれていた。

ヒメジは舞台稽古って言うし、鳥越《とりごえ》は宿題だってわかると手の平を返して用事を思い出したって言うので、姫奈《ひな》先生にマンツーマンでご指導いただいていた。

荷物置き場と化していた勉強机を片づけ、俺はもちろん、伏見も椅子を持ってきて自分の問題集を広げている。

「伏見は、他に何かやらないの？」

「他にって何？」

手を止めて、こちらに目をやる伏見。

「ヒメジは、今舞台稽古してるから。オーディションって、あれだけってわけじゃないだろ？」

「うん。いーっぱいあるよ。お芝居じゃなくても、事務所所属のオーディションとかもあるからね」

事務所やオーディションって聞くといよいよ芸能人になるんだなって感じがする。

ヒメジは再会したときにはすでにそうだったから、そういった実感があまりない。

伏見は松田《まつだ》さんの誘いを断ったけど、ヒメジと一緒のほうが勝手がわかっていいんじゃないのかと思ってしまう。

仲はいいけど、どこかでライバル視している二人だから、ヒメジのコネを使うみたいで嫌なのかもしれない。

「なかなかねー。難しいんだー」

シャーペンを動かしはじめた伏見は、何てことないように続ける。

「この前のもそうだけど、事務所のオーディションってやつも、一筋縄ではいかないみたいでねー」

「……そっか」

伏見なりに動いてはいたようだった。

「んー。子役出身とか、劇団所属とかっていうわけじゃないし、お芝居の勉強してますってだけじゃどうしてもね。そんな子はたくさんいるだろうし」

俺は勝手に、伏見は何でも上手《うま》くいくんだと思っていた。

……もしかすると、いつもこうだったのかもしれない。

俺や第三者は、伏見の結果や成果だけを見て賞賛を送っていたけど、そうなる過程をこれまで全然知らなかった。

誰《だれ》も知らない惨敗と努力を積み重ねて出た結果――上《うわ》っ面《つら》の部分だけを今まで見ていたのかもしれない。

主人公力が高いなんて、何で思ってしまったんだろう。

「伏見、ええっと……元気出せ！」

「うわ、諒くんに気を遣われた！」

「そんなの話聞かされたら、ちょっとくらい気ぃ遣うだろ」

「そんなのいいから。明日お祭りなんだから、宿題今のうちに頑張って減らそう！」

「……はい」

手取り足取り、俺がつまづくたびに、伏見はあれこれヒントを出して答えに辿《たど》り着かそうとしてくれる。茉菜《まな》に負けず劣らず、世話を焼いてくれた。

その茉菜は、今日は友達とプールに行くらしく、朝から留守にしている。

ちょっとした合間に、茉菜の話が出た。中三の茉菜は今年が受験。

兄妹だけど、その手の話をまったくしないので、俺は茉菜の進路はまるで知らない。

「茉菜ちゃん、うちの高校に入ればいいのに」

「そうだな」

相槌《あいづち》を打って、エアコンの電源を入れる。

二〇分ほど前に、伏見が寒いというから切っていたのだ。

「あー。またつけた」

「上着貸すから」

「ならよし」

許しを得たので、春頃《ごろ》によく着る薄手のシャツをクローゼットから引っ張り出す。

伏見の装いはというと、量販店でありそうなTシャツに、デニム生地のショートパンツ。

そりゃ寒くもなるか。こんなに脚出してたら。

でも茉菜に、出かけるときはこれを着ろ、と厳命されているらしい。

無難な格好といえばそうなので、伏見が自由に服を選ぶよりも何倍もマシだろう。

シャツをぽい、と放ると「わわ」と焦《あせ》りながらも上手くキャッチした。

「あ、これよく着てるやつだ」

「よく覚えてるな」

さっそく着る伏見だったけど、袖《そで》がめちゃめちゃ余っていた。

くるくる、と丁寧に袖をまくっていく伏見がぽつりとこぼす。

「サイズ、おっきいね」

「そうだな」

シャツと伏見のアンバランス具合が、妙に目を引く。

「これでオッケー」

俺が着ている物を伏見が着るっていうのは、なんか不思議な気分だった。

「続き、やろう」

促され、再度席に着いて宿題を再開した。

「休み明けに実力テストがあるんだよ、諒くん。ワカちゃんが言ってたけど進路の参考にもなるから――」

と、クソ真面目《まじめ》な話をする伏見だったけど、前かがみになると、Tシャツのゆるい首元から鎖骨が見える。光りの具合でその先がさらに露《あら》わになりそうで、見ないようにしないといけないのに目が離せない。

結果、ちらちら、と見ることになってしまった。

茉菜がこれを着ろって言うから、真面目な伏見は毎日これを着てるっぽい。

どう考えてもそのTシャツはくたびれているし、首元がよれて一層ゆるくなっている。

「諒くんは、どこの学校に行くとか、考えてる？」

「……」

俺のちら見が止まらないことが、ついにばれた。

伏見はばっとシャツを閉めて胸元《むなもと》を抱いた。

「りょ、諒くんが、お、お、おっぱい見てくるっ⁉」

「ち、違うわ！　見てねえよ！」

「おっきいのが好きなくせにぃ」

半目で伏見は唇を尖《とが》らせた。

「誰もそんなこと言ってないだろ」

「藍《あい》ちゃんと、なんか仲いいじゃん、最近とくに」

「バイトの関係でちょっとかかわりがあったから。多少は」

「ふぅぅぅぅぅぅん？」

全然納得いってなさそうだった。

「わたし、知ってるんだからね」

「何を」

「……藍ちゃんだけ、特別に撮って動画作ったみたいじゃん」

「社長の松田さんに頼まれたから」

仕事の一環で——報酬もちゃんともらってて——と説明するけど、伏見は不満げだった。

……何で俺、責められているんだ。

「どこで知ったんだよ。そんなこと」

「藍ちゃんが、嬉《うれ》しそぉぉぉぉぉぉぉに、動画送ってくれたから」

なるほど。ヒメジが。

よく撮れていたらしいから、いつものごとくマウントを取りにいったんだろう。

「どうだった？」

「超可愛《かわい》かったよ、藍ちゃん」

「そっか」

「あーっ！　今嬉しそうな顔したぁぁぁぁぁぁっ！」

「ちょっとくらいするだろ。俺が撮ったものを評価されたって思ったんだよ」

「おっぱい大きいしスタイルもいいし、わたし頑張ってますキラキラ！　って感じがすごかったもん」

「胸は関係ないだろ」

俺がヒメジの胸元をピックアップしているみたいな言い方するなよ。

「藍ちゃんばっかりずるいから、わたしも撮ってほしい」

「これから個人的な映画を撮るからそれでいいだろ」

「それは諒くんのでしょ。わたしの都合も聞いてよ」

不満大爆発《ばくはつ》といった様子の伏見だった。

「都合って、何？」

「わたしも撮ってほしい」

それならお安い御用だ、と俺は宿題をやめるいい口実にあっさりと飛びついた。

けど。

「……何で水着なの？」

ちょっと待ってて、と伏見に言われて待つこと一〇分。

外に出る気配があったし、時間的にも一度家に帰ってきたんだろう。

部屋に戻ってきた伏見は、水着を着ていた。

「は、恥ずかしいんだから、諒くん、早く撮って」

「恥ずかしいなら着替えなくてもいいだろ」

ぼそり、と俺はつぶやく。

部屋の中の至近距離で水着だと、目のやり場に困る。

とはいえ、伏見の都合とやらに付き合うと言ったので、言われた通りにカメラの用意をして、録画を開始した。

「はじまったぞ」

こくん、とうなずいた伏見が女優モードに入った。

さらり、と髪の毛を手でなびかせ、ベッドに寝転がる。

足をゆっくりバタ足をして、後方から撮っているこちらを振り返ってにこり、と笑顔。

ナニコレ。

こんなの撮ってどうする気なんだよ。

「あの、伏見さん。部屋じゃ雰囲気出ませんよ」

「えぇーっ。先に言ってよぅ」

言ってよぅって、こんなことをするとは思わないだろう。

「なあ、水着の動画なんて撮ってどうするつもりだったの」

「SNSに載せてみようかなって」

「……」

携帯を手にした伏見が操作して、画面を見せてくれる。

「ほら。こういうの。バズってるでしょ」

アイドルの五秒ほどの水着動画だった。

きゃっきゃと水着で戯《たわむ》れる美少女のその動画には、イイネが万単位でついている。

こう言ってしまうと、空気を読んでないことになるかもしれないけど……。

「バズってるからって、どうしたの」

「どうしたのって……人気が出るかもしれないでしょ」

あれ。こういうこと言うやつだったっけ。

俺が疑問に思っていることが不思議なのか、伏見は首をかしげている。

「SNSのフォロワーって重要みたいで、今とくに夏だから、こういうのがいいかなーって」

「重要って、誰が言ったの?」

「オーディションの審査員に」

伏見が自分のことをどう評価しようが、俺から見れば真面目ないい子ちゃんだ。

もしかすると、アドバイスを『聞きすぎ』なんじゃないのか。

「そんなの増やしても、オーディションに通るってわけでもないだろ」

「わかんないじゃん。諒くんは審査員じゃないんだから」

「そりゃわかんねえよ。けど、違くね? 伏見、こういうことがしたかったの?」

「したいわけじゃないよ……わたしなりに、色々考えてるもん……」

声が尻《しり》すぼみになっていく。

あの言い方は、泣きそうになるときの特徴だ。

俺の伝え方が少しキツかったかもしれない。

反省した俺は、一度カメラを止めて、考える間を作るように机に置いた。

「……伏見は、芝居を評価してくれるところに行きたいって言ってただろ。だから、ヒメジのところには行かないって。この前聞いたことと違うなって思ったんだ。本気でこっちの系統を考えてるんなら、応援するよ」

松田さんも、今は有名なあの子もこの子も、グラビアをやっていたと言っていた。

下積みと考えれば、それはむしろ正攻法なんだろう。

でもまだスタートラインにも立ってない伏見が、それをしたところで効果のほどはどれほどなんだ。

下唇を噛《か》んで伏見はうつむいている。

「だって……全然通んないんだもん……」

涙声になり、肩が小さく震えていた。

俺は出る前に置いていったシャツを伏見にかけた。

「お芝居を見てほしいのに、そういうんじゃないって言われて。歌えるか？　踊れるか？　って色んなオジサンに言われて……。どれだけやっても、なんか違うなーって言われて」

俺の知らないところで、伏見は戦って戦って戦って、傷ついていた。

ぐすん、と鼻を鳴らす伏見の頭を撫《な》でると、こちらによりかかってくる。

受け止めると、伏見が俺の背に手を回した。

「ごめんね。泣き言を言うつもりはなかったんだけど……」

「いいよ。気にすんな」

「藍ちゃんは、オーディションに受かって、舞台のお稽古してて……なのに、わたしは――」

ああ、そうか。ヒメジと……。

いつも張り合っている相手が、本格的に活動をはじめている。

スタートからしてヒメジと伏見は違うんだから、気にしなくてもいいのに、と思うけど、意識しないではいられないのは、幼馴染《おさななじみ》だからだろう。

ズビー、と鼻をすすって、伏見は、目尻の涙を人差し指ですくった。

「五社受けた。全部ダメだったよ。惜しかったとか、それ以前の問題」

「……そっか」

「藍ちゃんとのオーディションも、まぐれだったんだよきっと。わたしは、井の中の蛙《かわず》でしかなくて、自分を過大評価してて――」

「そんなことねえよ。たまたま見る目がなかったってだけで」

「諒くんは、見る目がある？」

至近距離からの期待が込められたような眼差《まなざ》しに、俺は目をそらせなかった。

「あるよ。それは、伏見が証明していくんだ。俺に見る目があったってことを」

くすっと伏見が相好《そうごう》を崩した。

「えー。何それ、わたし任せじゃん」

どうにかして励ませないか考えた俺は、携帯でとある女優を検索した。

「伏見これ。化粧品のＣＭに出てるあの女優も、割と遅咲きらしい」

ブレイクした直後くらいに、バラエティで経歴を紹介していたのを覚えていた。

生い立ちから出演作まで載っているページを伏見がぽつりと読んだ。

「大学在学中、劇団所属……オーディションを受けるために夜行バスで東京まで往復……」

「だから、焦らなくてもいいと思うよ」

「うん。ありがとう、諒くん」

つま先立ちになった伏見が、吸血鬼がそうするように、俺の首筋にキスをした。

「あ」

「えへへ」

元の様子に戻ったらしく、俺は胸を撫で下ろした。

「せっかく水着着たんだから、プール行かない？」

宿題以外の選択肢なら、何でも大歓迎だ。

「久しぶりに市民プールどう？」

「懐かしいな。じゃ、ちょっと用意する」

「オッケー」

高校生二人が市民プールっていうのは、ちょっと浮くかもしれないけど、まあいいだろう。

伏見の気晴らしに付き合うくらいお安い御用だ。

「あ、諒くん、わたしゴーグル持ってきてない！」

「取りに帰ったらいいよ」

……てか、ガチで泳ぐ気なんだな。

「そっか。それもそうだね」

水着とタオルと携帯と財布と家と自転車の鍵《かぎ》。

それらを持ったことを確認して、水着の上に私服を着た伏見と家をあとにした。ゴーグルがほしいと言うので伏見家に寄り、俺たちは照りつける日差しの下、市民プールを目指す。

「ね、ね、勝負しよう、勝負。二五メートル。クロールで」

「小学生の男子と言ってることが同じだな。水泳得意じゃないし断らせてもらう」

楽しそうに提案してくれるところ悪いけど、あっさりと却下した。

俺は運動で伏見に勝った覚えがない。

「えぇー。ただ泳ぐだけじゃつまんないじゃん」

「本当に泳ぐ気なんだな……」

これはこれで気晴らしだからいいのか？

「夏が終わる前に、一回本気出しておこうかなって」

「どこにストイックになってんだよ」

この地域の夏祭りは、お盆があるその週末土曜に開催される。

祭りが終わってもあと二週間残っているけど、宿題と映画撮影に追われることになりそうだった。

「諒くんのおかげで今年の夏は密度が濃いよ」

「俺もだからお互い様だよ」

茉菜の行き先は市民プールじゃなかったはずなので、鉢合わせることもないだろう。

早く早く、と伏見に急《せ》かされ、俺は足を速めた。

受付で料金を支払い、着替えてプールサイドで伏見を待つ。地元の小学生たちや中高年の人が多く、高校生や大学生くらいの男女は見当たらない。

「まあ、年頃は市民プールなんて来ないよな」

一人だけ女の子を見かけたけど、きちんと泳いでいるあたり、自主トレか何かの雰囲気があった。

「あ。あれって、中学校の水着かな」

声に振り返ると着替えた伏見がいた。うんしょ、うんしょ、と準備体操をしている。

「たぶんな」

当時、伏見もあれを着ていた。

水泳の授業中、クラスの男子はみんな伏見を見ていたし、教室から双眼鏡で覗《のぞ》いていた強者《つわもの》もいたくらいだ。

ん――!?

違和感を覚えた俺は、準備体操中の伏見をもう一度振り返る。

「諒くん、準備体操ちゃんとした？」

「そんなことより、何で中学のときの水着着てるの」

家では、みんなで海に行ったときのものだったのに。

今はなぜか紺色のスクール水着に代わっている。胸元には『伏見』と縫いつけられていた。

「泳ぐんならこっちのほうがいいかなって」

「泳ぎに対して何でそんなに真摯《しんし》なんだよ」

真面目かよ。……そんで記憶にある通りのボディをなさっている。

体のラインが出るせいかスクール水着だとそれがよくわかった。

あのときから成長してないんですね、伏見さん。

夏なのに日焼けをしていない白い脚とほっそりとした太ももに目がいってしまい慌ててそらす。

「りょ、諒くん……えっちな目で見ないで、ください」

「み、見てねえよ！」

もじっとする伏見から逃げるように、俺はプールに入る。

「諒くんに、そんなふうに見られたことないから、なんか、困る……」

どんだけエロい目してたんだよ、俺は。

「細いなって思っただけ」

「藍ちゃんよりも？」

「それはわからん」

「そこは、そうだねって言うところじゃん」

不満げな伏見だった。

もしそうなら、俺はヒメジの体つきをきちんと知ってるってことだろ。そっちのが問題あるんじゃないのか。

伏見もプールに入ってくると、俺たちは少し泳いでプールサイドで休憩をする。すると、例の中学生らしき女の子が泳ぐのをやめてプールサイドに上がってきた。

キャップとゴーグルを外して髪の毛をぎゅっと絞る。見覚えのない全然知らない女の子だった。

中学生にしては発育がいいほうだ。またエロい目をしていると指摘されないように、俺はすぐに視線を外す。

隣でさっきまできゃっきゃと話していた伏見が無言になった。視線の先にはその女の子がいる。

あー……、何で黙ったのかわかった。

同じ水着だからこそ、胸の違いが際立《きわだ》ってみえる。

「あれが、ちゅ、中学生……」

さっきまで伸ばしていた足をたたみ、伏見は体育座りをする。

「諒くん……帰りたい……」

めちゃくちゃ傷ついていた。あんなにウキウキだったのに。

「将来性。素材型。伸びしろ十分」

しょぼんと肩を落とした伏見に、俺は何がとは言わないけど励ました。

でも、虚《うつ》ろな目で排水溝を流れる水をつついている。

あ、ダメなパターンだなこれ。

俺は現実を突きつけられてテンションガタ落ちの伏見を連れて、一時間も経《た》たないうちに市民プールをあとにすることになった。

着替えを終えた俺が缶ジュースを買ってロビーのソファで待っていると、まだ髪が少し濡《ぬ》れたままの伏見が出てくる。

「諒くん、髪全然乾いてないね」

「短いからすぐ乾くんだよ」

「そうなんだ。いいなぁ」

と、羨《うらや》ましそうに言うと、隣に置いている缶ジュースに気づいた。

「ひと口もらってもいい？」

「いいけど、口つけてるぞ」

一応確認のため言うと、伏見は照れたように目を伏せた。

「大丈夫。だってもうちゃんとやっちゃってるじゃん……」

誰もいなかったので、小声でもよく聞こえた。そのときのことが思い出され、ぼっと自分の顔も熱くなった。

「そ、そうだな……」

す、と缶ジュースを差し出すと伏見は気にすることなくそれを飲んだ。

「美味《お》しい《い》」

返してもらったジュースを、俺もひと口飲んだ。さっきと同じ味なのに、少しくすぐったかった。

⑩ 夏祭りと迷子

昼過ぎに茉菜《まな》がノックもせず部屋へ入ってきた。

「にーに、これ今日着てってね」

茉菜がずいっと突き出したのは浴衣《ゆかた》だった。

地域で最大級……とまでは言わないけど、花火大会もあるくらいには大きな夏祭りがある。

この何年か行ってなかったので、今日は数年ぶりに出かける予定だった。

「浴衣？　普通の私服でいいだろ」

「はぁ？　夏祭りに浴衣着ないでいつ着るの」

「着なくても」

「うわー、でたー、にーにの風情《ふぜい》台無しマンー」

「うるせえな」

今日は、茉菜もそれに友達と出かけるそうで、すでに浴衣に着替えていた。

俺《おれ》も約束をしていて、伏見《ふしみ》とヒメジ、あとは鳥越《とりごえ》の四人で出かけることになっている。

「帯してあげるから」

「いいって」

「みんな浴衣着てくるよ、たぶん」

伏見は……浴衣ならおかしなことにはならなさそうだな。

「地元のやつなのに」

「いーじゃん、地元。こぢんまりしてるけど、ちゃんと花火あるし」

ほらほら、と俺を椅子から立たせた茉菜が、俺に浴衣を着せていく。くるくると俺を回し、帯を整え、二、三歩下がって改めて俺を見る。

「めっちゃ似合う」

「ほんとかよ」

「マジンコ」

浴衣なんて最後に着たのいつだっけ、ってくらい前だ。修学旅行の寝間着の浴衣は別として。

「これはヤバいね……。逆ナン待ったなしかも」

真顔の茉菜が、ちょっと待っててと言い残し、階段を足早に下りていき、すぐに部屋へ戻ってきた。手にはヘアワックス。撮影によく持っていくやつだ。

「じっとしてて」

手にヘアワックスをつけた茉菜が、俺の髪をイジっていく。変な頭にされるかも、と一瞬不安になったけど、思いのほか真面目《まじめ》な表情をしていたので、たぶん大丈夫だろう。

「茉菜って、こういうの好きなの？」

「んー？　どうして？」

「撮影のときのヘアメイク、上手《うま》いから。そっち系に興味あるのかなって思って」

「あー。好きっちゃ好きだよ、そりゃ。可愛《かわい》くしたりカッコよくしたりするのは」

よし、と言って、自分の部屋から持ってきた手鏡で、俺を映してくれた。

「和服みたいなのが、にーには似合う人なんだよ、きっと」

「そうかな」

「それに合わせて、『和の男』っぽくしてみたよん」

よん、じゃないだろ。

本当に……もう……なんか、イイ感じに仕上がってんじゃねえか……。

自分で見ててちょっと照れるぞ……。

「本当はあたしもにーにたちと一緒がいいんだけど、遊ぼうって前々から約束してたんだよねー」

茉菜は背をそらし、俺を遠目で見たあと、俺の前髪を少し触り「うん、完璧《かんぺき》」と満足そうにした。

「伏見やヒメジがメイクされたあと、ときどきテンション高くなる気持ちがちょっとわかった」

「にしし」

照れ笑った茉菜が部屋から出ていった。

嫌なら私服に着替え直したり、頭も元に戻せばいいけど、せっかくやってくれた好意を無駄にはできず、そのままでいることにした。

伏見に課された宿題のノルマを終えると学祭映画の編集作業をはじめる。

あれこれイジっている間に約束の時間になったらしい。

玄関のチャイムが鳴り、窓から外を覗《のぞ》いてみると、玄関らへんに浴衣姿の少女が二人いるのが見えた。

伏見とヒメジだろう。

俺は茉菜が置いていった和柄の巾着袋に携帯と財布を入れて部屋を出ていった。浴衣にしても、どこからこんなものを、と思ったけど、たぶん父さんのやつだろう。

記憶にある夏祭りの父さんは、こういう装いだった気がする。

三和土《たたき》におかれていた下駄《げた》をつっかけ（たぶんこれも茉菜が出しておいたんだろう）玄関を開けると、髪をくくった浴衣姿の伏見とヒメジがいた。

「あっ、諒《りょう》くん……！」

伏見の大きな目が、驚いたようにまた少し大きくなった。

「あーっ！　バッチリ決めてるじゃないですか！　何ですか、どうしたんですか、どういう風の吹き回しですか？」

伏見以上にいい反応を見せるヒメジだった。

「茉菜が浴衣と頭を」

「さすが、私たちが選んだへアメイクさんです」

うんうん、と改めて茉菜の実力を感じているヒメジ。

伏見はというと、見慣れないせいか「はっ……あの、りょ……え……」ってまだ驚いている。

「行きましょう、諒」

おう、と簡単な返事をして、俺たちは家を出ていった。


から、ころ、と下駄の乾いた音を鳴らし、俺たちは会場へと向かう。今年も例年通り並木道沿いの道路が歩行者天国になり、そこに屋台がずらりと並ぶという。

「諒たちとお祭りなんて、何年ぶりでしょう」

「ヒメジっていつ転校したんだっけ」

「小五の夏休みです。その夏は行っていないので最後は小四ですね」

それ以来なら七年ぶりってことか。

俺が忘れすぎなだけかもしれないけど、伏見もヒメジも小学生のときのこと、よく覚えているよな。

駅に着いたという鳥越を迎えに行くと、茉菜が言ったように鳥越も浴衣姿だった。

「高森《たかもり》くん、浴衣だ……」

「ああ、うん。まあ今日くらいは」

「い……いいね」

「ありがとう。鳥越も、浴衣似合うな」

「えっ、あ、あ……ありがとう」

鳥越は小声でぼそりとお礼を言った。

ちょいちょい、とヒメジに袖《そで》を引かれた。

「諒。私にも言うことがあるはずです」

「小学校のときのこと、よく覚えているよな」

「違います……」

半目をすると、冷たい眼差《まなざ》しを俺に突き刺してくる。

「浴衣の、こと？」

イエスともノーとも言わない。無言は肯定だと誰《だれ》かが前に言っていた気がする。

ヒメジは、水色の生地に大輪の白い花が描かれた浴衣を着ていた。帯も白いのでとてもよく目立つ。

「似合うな、ヒメジ。衣装も、浴衣も。さすがだな」

「まあ、よしとしましょう」

褒《ほ》め言葉にダメ出しする気だったのかよ。

「あ……の、りょ……くん」

伏見が、何か言いたげだ。鳥越を手招きして、何か耳打ちをした。

「高森くん、ひーなも浴衣のことを褒めてほしいみたい」

「ちょっとしーちゃん、そんなストレートに言ったら」

ぺしぺし、と伏見が鳥越の肩を叩《たた》く。

伏見は自分の通訳をしてくれる鳥越を離すまいと、鳥越と腕を組んでいる。

「じゃ自分で言いなよ。幼馴染《おさななじみ》なのにどうしてこんなことに」

俺と目が合うと、伏見は恥ずかしそうにそっと目をそらした。

「姫奈《ひな》は、適当な格好で来ると思われた諒が、こんなバッチリ決めた装いで玄関先に現れたものだから一時的に混乱しているのだと思われます」

「ギャップがすごすぎたんだね」

「ええ、おそらく」

ヒメジと鳥越がこの現象についてまとめてくれた。

「姫奈の気持ちもわかります。今日の諒は、桁違《けたちが》いにカッコいいですから」

「……う、うん。と、とっても」

ヒメジが言うと、鳥越もうなずいた。

「照れるからやめてくれ」

慣れてないんだよ、そういうの。どう反応していいかわからなくなる。

伏見は、白い生地に落ち着いた色の朝顔が描かれた浴衣だった。全然気づかなかったけど、髪飾りもつけている。

「大人っぽい雰囲気だし、髪飾りもよく似合ってる」

と、思う。私服みたいに誰が見てもヤバいっていうレベルじゃないので、男の俺にはいまいち基準がわからないけど。

「よかったね、ひーな」

ふんふん、と首を縦に振って袖を振って、喜びを表現する伏見だった。


花火大会は夜八時から。

それまで時間がまだあるので、俺たちは屋台が並ぶ通りを歩き、たこ焼きを買ったり、フランクフルトを買ったり、それをシェアしたりしていた。かき氷を買おうとしたら、まだ早いって鳥越に注意されたのは、納得いかなかった。

やがて人が多くなり、俺たちは外れにある公園の東屋《あずまや》に避難してきた。

同じことを考えたらしい中学生の集団だったり、カップルだったりが公園に集まってきている。

「最後のほうだよ、かき氷は」

食べ終えた焼きそばの容器の隅に残っている紅ショウガを鳥越はちまちまとつまんで食べている。

「食べたいときでいいだろ？」

「デザート系なんだから、最後だよ」

鳥越には妙な説得力があった。

紅ショウガをちまちまつまむのはまだやめない。

「諒くんは、絶対イチゴ味だもんねー」

ようやく浴衣バージョンの俺に見慣れた伏見が、いつもの調子を取り戻した。

「ふふふ。まだそうなんですか？　子供ですね」

「悪かったな」

俺は女子たちが遠慮しまくって残った焼き鳥を口に運ぶ。その甘辛いタレが残る口内にちょっとだけぬるくなったラムネを流し込んだ。

はむ、はむ、とたこ焼きを食べるヒメジが、割り箸《ばし》でたこ焼きを掴《つか》んだ。

「諒、これおいしいですよ」

「つまようじあるだろ。何で箸で」

「つまようじって、上手く刺さないと落っこちてしまうじゃないですか。だから箸のほうが便利なんです」

空いている左手は、掴んだたこ焼きの下に添えられている。

その仕草は、まさか――。

「温かいうちに食べないともったいないです」

俺《おれ》が戸惑っていると、隣の伏見が身を乗り出しぱくんと食べた。

「おいしっ。藍《あい》ちゃんありがとう」

「ちょっと、何勝手に食べてるんですか」

「じゃわたしもあーんしてあげる」

「結構です」

この二人のこういったやりとりは、撮影当初はケンカだと勘違いされたけど、もう見慣れたものとなり、鳥越も俺もくすくすと笑った。

結構です、と言ったヒメジだったけど、伏見がたこ焼きを差し出すと、素直にあーんしてもらっていた。

「おいしい？」

「普通です」

「おいしいんだ。よかったー」

さすが幼馴染といったところで、ヒメジの扱いをよくわかっている伏見だった。

「花火、どこで見る？　いい場所ってある？」

地元民三人に鳥越が話を振った。

「ああ、それなら一か所あるよ」

俺は、今は誰も住んでいない民家の屋上を提案した。

「諒くん……不法侵入だからそれ」

「子供のときは入ってただろ」

「子供のときだから。たまたまバレなかっただけで、バレたらしっかり怒られるやつだから」

真面目優等生にきっちり注意されてしまった。

「こんな縁日で高校生にもなって怒られたくはないかな」

「ですね」

鳥越とヒメジも伏見と同意見だったらしい。

他にも、別の場所で見たことがあったような気がするんだけど、いまいち思い出せない。

携帯を取り出して何かを確認した鳥越が、「あ、ごめん」と一言だけ謝った。

「しーちゃん、どうかした？」

「妹たちも今日来てるんだけど……くーちゃん……胡桃《くるみ》が迷子になったらしくて。ちょっと私捜してくる」

あんなちびっ子がはぐれたって聞かされれば、たしかに心配だ。

伏見、ヒメジも含め、一度鳥越家へ遊びに行ったのでくーちゃんのことはよく知っている。

俺が伏見とヒメジを順番に見ると、考えていることは同じだったようだ。

「捜すの、俺も手伝うよ」

「いやいや、いいって。せっかくのお祭りなのに」

ぶんぶん、と両手を振って精いっぱいの拒否を示す鳥越。

「静香《しずか》さん、私はくーちゃんに『おねえちゃん』って呼ばれたいだけの人生なので、全力でお手伝いさせてください」

ヒメジ、くーちゃん気に入りすぎだろ。

「でも、そんな――」

恐縮する鳥越を伏見が遮《さえぎ》った。

「しーちゃん、わたしたちに任せて。地元民だし、ちびっこの頃《ころ》からこのお祭りに来ているから、どこに行きそうなのかもわかるし、数は多いほうがいいでしょ？」

にこりと笑う伏見に、俺も無言でうなずいた。

「ありがとう、みんな」

鳥越はお礼を改めて言うと、こう続けた。

「こんな、友達らしい友達との協力クエストって漫画にしかないと思ってた」

鳥越らしい感激のセリフだった。

出したゴミを片づけ、俺たちは手分けして捜すことにした。

迷子といえば、役員本部だろう。

そのテントへ向かって、お祭りの委員らしきおじさんに迷子のことを尋ねた。

「あの、四歳くらいの女の子がはぐれて、今捜してるんですけど、それらしき子って見かけませんでしたか?」

「迷子の子猫ちゃんってか?　ガハハ」

あ、片手にビール持ってる。

相当出来上がってるな、これは。

「いや、子猫じゃなくて女の子です」

「痴漢騒ぎならあったけどな!」

その単語に一瞬どきっとしてしまう。居合わせなくてよかった。

「それっぽい子がここに案内されたら、電話してもらえませんか?」

「あいよー」

携帯の番号を伝えて、俺はテントをあとにした。

花火の時間が近づき、どんどん人出は増していく。

こんな中にいれば、もみくちゃにされてるんじゃ……。

さらに心配になり、通りの中にいる子供に目を光らせるも、見つからず。それらしき背丈の子を見つけても母親と一緒っていうパターンがほとんどだった。

子供が好きそうな、金魚すくいやおもちゃの屋台にも姿は見えない。

ちびっ子が行きそうな場所……。小さい頃の俺はどうしてたっけ。

通りから外れて考えていると、鳥越に声をかけられた。

「高森くん」

「どうだった？」

「ううん」

「こっちも」

どこを捜したのか教え合い、もう一度そこを捜してみることにした。

「私も、はぐれるかも……だから、摑んでて、いい？」

「摑む？　うん、いいよ」

何を？　と思っていると、鳥越は俺の袖を控えめにつまんだ。

「ええっと……や、やるって言ってた映画、進んでる？」

無言で捜していると、その間が嫌だったのか鳥越が訊いてきた。

「あれなー。伏見が出てくれることになったけど、宿題終わらせないと撮らせてくれないって」

「そっか。……やっぱり、ひーなが出るんだね」

「真面目すぎてやばい。伏見らしいけど。宿題なんて、やらないくらいがちょうどいいんだよ」

「どこにどうちょうどいいの。すごい理屈持ち出してきたね」

くすっと鳥越が笑う。

「くーちゃんの捜索もだけど、今日誘ってくれてありがとう。ヒメジちゃんもいるし、マナマナと四人で遊ぶのかなって思ってたから」

そういえば、誘ったのは俺だったな。

撮影の合間のことだったと思う。伏見がまず俺を誘い、すぐに聞いていたヒメジが食いついて加わると宣言をした。鳥越も入るかなと思ったけど、何も言わなかったから、簡単に一言「鳥越も時間ある?」って言った。

うん、と大きくうなずいた鳥越を見て、テンションの上がった伏見が、じゃこの四人で行こうとまとめたのだ。

「誘ったってほどでもないけどな」

苦笑いをすると、鳥越は首を振った。

「ううん。十分。それだけで」

「個人映画のほう、脚本はある程度できつつあるんだけど、また見てくれる？　ちょっと、意見聞いてみたくて」

鳥越はかすかに微笑んだ。

「私でいいなら。信頼感あるんだもんね、私は」

「え？」

どこかで言ったようなことがあるけど、鳥越には直接言ってない気がする。

「いつでも連絡して」

「うん。そのときはよろしく」

人混みが減っていき、まだ袖は摑んだままの鳥越と並んで歩く。

「私、夏祭りなんて小学生以来だから久しぶり」

「俺も」

「浴衣も買っておけばよかったんだけど、お母さんのやつ借りてて。変じゃない？」

「全然。ってか、俺もだから」

「え？」

「父さんのやつ借りてるから。茉菜が持ってきたんだけど」

「じゃあ、一緒だね」

閑散としてきたところに本部のテントが見えたので、念のため顔を出したけど、空振りだった。

「やっぱり分かれて捜したほうがいいね」

「そうだな」と俺はうなずいて、鳥越とはまた分かれてくーちゃんを捜すことにした。

携帯が鳴ったのはそんなときだった。

相手は伏見。

俺は期待して電話に出た。

「見つかった?」

『あ、えっと……違うの、ごめん……』

「そっか。どうかした?」

『りょ、諒くん、ヘルプ……』

伏見の居場所へ向かうと、外れにある道路の縁石に座っていた。

「おーい、大丈夫か?」

「あ、諒くん!　ごめんね」

電話で言っていた通り、下駄《げた》の鼻緒の部分が取れてしまっていた。

「うぅ……。浴衣と合わせて買ったんだけど、安物だったからかな」

あはは……、と伏見は申し訳なさそうに笑う。

「前はそんな浴衣じゃなかったもんな」

背も伸びたから、当時のものではサイズが合わなかったんだろう。

「覚えてるんだ？」

「もっと子供っぽい浴衣だったたっていうのは、なんとなく」

それはそうと。

「替えがあるんなら、一旦《いったん》帰ったほうがいい」

たぶん、そのつもりで俺を呼んだんだろうし。

「うん、ごめんね。捜索中の忙しいときに」

「動けない伏見を放っておくと、人数が三人になるから。多少時間をロスしてでも、動けるようになってもらったほうがいい」

という、俺の結論。

「うん。わたしもそう思う」

さて。じゃ、このお嬢さんをどうするか、だ。

自転車があるわけでも車があるわけでもない。

……あー。だから俺を呼んだのか。前に一度やってるしな。

「じゃ、おぶるよ。この前みたいに」

「諒くん察しがいい。珍しい」

一言余計なんだよ。

肩を貸して、人目がつかないところで俺は伏見を背負った。

「お、重くない？」

「大丈夫だって」

「実はわたし、前よりも、体重増えちゃってます……」

正直に言わなくてもいいのに。

本当に真面目なやつ。

俺がくすっと笑うと「え、何、何？」と焦《あせ》った伏見は、肩を揺らした。

「全然わからないから、気にすんな」

「ならいいけど……何で笑うの？」

「そんなの、いちいち言わなくてもいいのにって思って」

「だって『前より重くなってね？』って思われるのも嫌だったから……」

ぼそっと伏見はつぶやいた。

「まあ、そう思ったんだったら言うよ」

「言わないでよっ。デリカシーって言葉知りませんか？」

じゃどうすりゃいいんだよ。

「体重に関しては、何も言わないし、何も思わないし感じない。ってことでいいの？」

「うん。それならいいよ」

「で、太ったのは何が原因だったの？」

「デリカシーって言葉知りませんか」

「冗談だよ、冗談」

「お菓子食べてジュースいっぱい飲んだからだよ」

「答えるのかよ」

くすくす、と後ろで伏見が笑っているのがわかる。

俺もつられて笑ってしまった。

人けのない道を選んで、けど迷子の捜索中でもあるので、可能な限り急いで伏見家へと向かう。

「下駄の代わりって持ってる？」

「んー。ないけど、サンダルでいいかなーって」

いいのか？　ファッション警察に見つかっても知らねえぞ。

背負ってからの伏見は、俺の首にがっしりと腕を回し落ちないようにしている。

けど、あれだな。

背負ってるのに、胸の感触みたいなのって全然ないんだな。

プールで見たけど、アレだもんな……。

早歩きのせいで徐々にずり落ちていく伏見を背負い直す。

そのせいで、俺の手が変なところに当たったらしい。

「にゃん⁉」

猫?

「諒くん、お尻《しり》触ったでしょ!」

「触ってねえよ」

あれがそうだったのか。

浴衣の生地の感触しかしなかった。

「それを狙《ねら》ってたら、もっとやってると思うんだ。この状態なら」

「……たしかに」

ご納得いただけたようで何よりだ。

街灯にぼんやりと照らされた伏見家がようやく見えた。

玄関先で伏見を下ろし、俺は踵《きびす》を返した。

「わたしもすぐそっち戻るから!」

「おう」

「ありがとう、諒くん」

「いいよ。いないほうが困るんだから」

歩きだそうとすると、まだ何か言いたげだったので振り返って待っていると、言いにくそうに伏見は口を開けた。

「諒くんが一回触るくらいなら、わたし、全然セーフだからっ！　——じゃ！」

くりん、と背を向けて、伏見は逃げるように中に入っていった。

「……いや、だから、触ってねえって」

誰もいなくなった玄関に向かって俺はつぶやいた。

背中にまだ伏見の体温がある気がして、妙な想像が働きそうになったので、俺は頭を振ってそれを追い払った。

来た道を急いで戻っていると、鳥越から電話がかかってきた。

『高森くん、くーちゃん無事に見つかった』

「よかった」

『協力してくれてありがとう。けど、ギャン泣きしているから、もう帰るみたいで、私も駅まで送ってくる』

鳥越は、いい姉ちゃんだな。

「うん。わかった。またこっち戻ってきたら連絡して」

『うん』

鳥越もたぶん送っているだろうけど、伏見とヒメジに、聞いたことをそのままメッセージで送った。

そこで、携帯の電池が切れてしまった。

「あ、やべ」

もう少しバッテリーが持つと思ったのに、全然だった。

一度帰ろうと思ったけど、気づいたらもう屋台通りに戻ってきてしまった。

茉菜でも見つかれば連絡を取ってもらえるんだけど、そのギャルは今日ここではまだ見かけていない。

「あ、諒！」

人混みから抜け出してきたヒメジが俺に気づいて手を振った。

「くーちゃん、見つかってよかったですね。静香さんも心配だったでしょう」

「みたいだな。ギャン泣きしてたって言ってたし」

「くーちゃん、可哀想《かわいそう》……。私にできるなら、あの子に降りかかるすべての不幸を取り除いてあげたいです……」

おまえはくーちゃんの何なんだよ。

「私も、弟ではなく妹がほしかったです」

ヒメジは、いつの間にか買っていたかき氷をストローのスプーンですくって食べる。

「イチゴ味です。ひと口どうぞ」

自然な動作でかき氷を運び、スプーンを俺の口に突っ込んだ。

「どうぞっていうか、無理やり食べさせんなよ」

「美少女のあーんなんて、一回千円でも安いくらいなんですよ？」

「自分で言うなよ。美少女って」

「あれ。諒も私のことをそうだと認識していたと思ったのですが」

言ったけど、たしかに。

ヒメジ……何でおまえは自己評価がそんなに高いんだよ。

呆《あき》れるというか、らしいというか。

話をさらっと変えて、伏見の状況と今俺の携帯の電池が切れていることを教えた。

「じゃあ、もうすぐ姫奈はこちらに戻ってくるんですね」

「もうすぐかどうかはわからないけどな」

サンダルに履《は》き替えるくらいなら、待っていればよかったかな。

……そうだったとしても、今いるここは、伏見家から歩いてくればまず目に入る場所だ。

なのに、ヒメジと合流してかれこれ一〇分、伏見の姿は見えないでいる。

「サンダルに履き替えるだけなのにな」

「え。浴衣も着替えるつもりだったんですか？」

「いや、サンダルだけって話」

「無粋《ぶすい》……」

信じられないとでも言いたげなヒメジだった。

「さすが、逆ファッションリーダーです」

「ガチなんだから、イジってやるなよ、そこは」

ヒメジが時間を確認すると、もう二〇時前だという。

「諒」

あのサインをヒメジはした。

俺もなんとなくそのサインを返す。

笑顔を咲かせたヒメジは俺の腕を抱くようにして密着し、歩き出した。

「どこ行く気だよ」

「内緒の場所です」

……ヒメジのは、ちゃんと当たる。当たっている。

ちゃんとっていう表現が正しいのかわからないけど。

浴衣で生地が薄いからか、前のときよりもより鮮明に感触がわかる。

「内緒の場所って――」

夏祭り。

花火。

夜。

内緒。

水面に徐々に浮かんでくるように、懐かしい記憶の輪郭と色を思い出してきた。

◆鳥越静香◆

ちら、とそれらしき二人の背中が見えた。

「……」

名前を呼ぼうとした声は、すぐにしぼんで、胸の中に帰っていった。

泣きじゃくるくーちゃんとお母さんを駅まで送って会場へ戻ると、高森くんとヒメジちゃんの二人を見かけた。

二人は、腕を組んで……といっても一方的にヒメジちゃんが腕を絡《から》めているように見えるけど――ともかく、そんな状態でどこかへ歩き出していた。

私は、そこに割って入る度胸も、ひーなみたいにあーんを阻止する行動力もなかった。

邪魔だという意思表示みたいに、どん、と誰かにぶつかられたので、人混みから出ていき、道路の縁石に腰かけた。

「あーっ。シズじゃーん！」

おーい、と手を振っていたのは、マナマナだった。私が手を振り返すと、友達とこちらへやってきた。類は友を呼ぶのか、友達もギャルだった。

「何してんのー？　にーにたちは？」

「なんかはぐれちゃって」

……そういうことにしておこう。

「連絡しなよ。あとちょっとで花火だよ？」

そうだね、と歯切れ悪く言うと、マナマナが何かを察した。

「どしたの。たそがれ系？」

「うん、まあ、色々とね」

しんどいなって思ってしまった。

私は、恋人みたいに寄り添う二人に割って入れず、一人になることがわかっていたのに、無理に追いつこうとしなかった。

好きの多寡《たか》なんて客観的に測れないけど、ひーなにも、ヒメジちゃんにも、余裕で負けているんじゃないかって、ふと思ってしまった。

「シズぅ、まあまあ、ポテト食べて元気出しなってー」

隣に座ったマナママナが、紙コップに入ったフライドポテトを私にひとつ食べさせてくれた。へにゃってしおれたフライドポテトの塩味は、寒い日の味噌汁みたいに染《し》みた。

「あたし、ここで見よっかな、花火」

そう言うとマナママナは三本まとめてフライドポテトを頬張《ほおば》った。

友達は余所《よそ》に行くみたいだったけど、マナママナは手を振って別れた。

いいの？　って訊くと「いいんじゃない、ちょっとくらいはさ」と言って、にししと笑った。

◆高森諒◆

少しあのときと状況が似ている。

昔、子供会か何かで夏祭りに来ていたけど、俺とヒメジははぐれてしまった。

いい場所があると手を引かれ、人混みをどうにかして抜け出し二人きりで屋台通りを離れていった。

「……」

当時どんな会話をしたのか覚えていないけど、よく花火が見える場所だったことは覚えている。

俺は、その日以来の浴衣だと思う。

そこは、花火の観覧場所の広場とは違っていた。

はぐれた人たちを探すために高いところから見下ろそうっていう、子供らしい考えだったけど、夜で暗くて、見下ろしたところで個人を識別できるはずもなかった。

そして、そのまま花火がはじまって――。

祭りの喧騒《けんそう》から遠ざかっていくにつれて、俺は思い出していった。

小高い山の入口にやってくると、杭《くい》を打って作られた簡素な階段を登る。

「下駄は歩きにくいですね」

と、困ったように笑うヒメジ。

本当にバランスを崩しそうなので、腕は組んだままにしておいた。

階段を登りきると、そこは散歩コースのひとつなんだろう。途中で休憩するための東屋があり、ベンチがあった。錆《さ》びた鉄製のゴミ箱には、いくつかゴミが捨てられている。

あのときは、もっと軽快に駆けのぼれた気がするけど、今となっては少し息が弾む。

花火会場も屋台の明かりもずいぶん小さくなり、その代わり夜空の星を近く感じられた。

「伏見たちは？」

「一応連絡はしてるんですけどね」

そうか。じゃあ、もうしばらくすれば来るかな。

ヒメジがベンチに座ると、隣をぺしぺしと叩くのでそこに腰かけた。

ちょうどそのタイミングで花火が上がった。

ドン、と夜空に花が開き、消えたあと、うっすらと見える煙が風に流されていく。

俺たちは無言で次々に打ち上げられる花火を眺めていた。

「あのサイン、よく思い出してくれましたね」

「これな」

もう一度サインをしてみると、うん、とヒメジはうなずいた。

「忘れてたけど、ライブ映像を見て、そういえばってなったんだよ」

「諒は、正しく私のメッセージを受け取ってくれたんですね」

「受け取ったっていうか……」

アイカとしての公式回答は『サインに意味はない』だった。でも、ヒメジはその無意味なサインをライブで繰り返していた。

「あなたのことを忘れない」

サインは、転校前に作った。その状況に合った意味が込められていた。

「意味もちゃんと思い出してくれるなんて、諒は偉いです」

「あんま褒められている気がしねえな……」

ゆるんだ表情でヒメジは言う。

「運命、感じてもいいですか」

「……運命って」

どうしたもんか。

俺の困惑は、はっきり顔に出ていたんだろう。ぷっとヒメジが噴き出した。

「クサいですよね、このセリフ」

「ん？　セリフ？」

「アイドルしていたときに何度か使ったんですけど、不評で」

ヒメジはそう言って苦笑いする。不評だったのかもしれないけど、ちょっとドキッとしたぞ。

「でも半分本音です。転校先に諒がいるって私知りませんでしたから。ホームで再会したときに、制服を見てもしかしてって思ったんです。私が送り続けたメッセージを思い出してくれたこともそうです」

「運命、ね」

運命運命って言われると、篠原《しのはら》がうっすら思い浮かんで笑いそうになるからとても困る。

花火を眺めながら、俺たちはときどき無言になり、思いついたことをしゃべった。撮影のこと、バイト先の松田《まつだ》さんの話、共通の友達の話。

「あ、そうだ」

何かを思い出すとヒメジは俺の頬をつねった。

「な、何すんだ」

「海に行ったとき、姫奈と何を話していたんですか」

「海？　伏見と？」

「二人きりのときがあったでしょう」

ぐいぐい、と引っ張るので、顔がヒメジのほうへ寄ってしまう。

「明らかに姫奈が上機嫌になって戻ってきたので、何かあるなと思ったんです」

「そうだっけ」

「それに気づいてないのはあなたくらいです」

ヒメジはため息をつくと手をようやく放してくれた。

「鈍感と忘れ癖《ぐせ》は今にはじまったことではないので、大目に見てあげます」

「何で上からなんだよ」

「当たり前です。上からです。色んなことを忘れてしまって……。結構傷ついているんですから」

唇を尖《とが》らせてヒメジはぷん、とそっぽをむいた。

「以前、二人でここへ来たのは覚えていますか？」

「うん。来るまでの風景や雰囲気を見て、ようやくって感じだけど」

俺は覚えていることを口にした。

「前、はぐれた俺たちは、みんなとの合流を諦《あきら》めて、ここで花火を見た」

うんうん、それで、とヒメジは先を促すけど、もう俺に切れるカードはない。

「思い出したのは、今のところそれしか……。ごめん」

素直に謝ると、頬をつねられることもため息をつかれることもなかった。

その代わり、下駄を脱ぎ抱えた膝《ひざ》に頬を乗せてヒメジはこっちを向いた。

「逆プロポーズ、したんです。私から」

「……逆プロポーズ」

「はい。『結婚してください』って」

そう言われると、そんなこともあったような……。

「私は今も昨日のことのように思い出せるのに、この男は本当に……」

「ごめん。本当に」

もう、平謝りするしかなかった。

うん？　伏見とも同じ約束をしたんじゃなかったたっけ。

「諒は『いいよ』って言ってくれたんです」

ヒメジが控えめに俺の袖をつまんだ。

「そんなビッグイベントが起きた場所で、数年経《た》ってまた同じように花火を見られているんです……私だって年頃です。少しくらい運命を感じてしまいます」

花火の光でヒメジの表情が彩《いろど》られる。瞳《ひとみ》に映り込んだ赤と青と白と緑のそれらを綺麗《きれい》だと思った。

ヒメジが赤く頬を染め、そっと手を繋《つな》いでくる。目をやると、俺の視線から逃げるように
ヒメジは空の花火を見上げた。

どん、どん、どどん……。

花火がひと息ついたタイミングで、繋いだ手がきゅっと握りしめられた。

「キスの権利をあげたので、舞台が上手くいったら使ってください」

「え、は？」

「権利を行使してもいいですよ」

いいですよ、って。それは俺の自由なのでは、
どう言っていいのかわからず考えているうちに、ヒメジの顔がどんどん赤くなっていった。

「や……やっぱり、いい、です……忘れてください、今の」

「え？」

「とっ、とりあえず！」

話をそらそうとしてか、ヒメジは声を張った。

「今頑張っているので応援してくださいと言いたかったんです私は」

まくしたてるように早口で言うと、ヒメジは横顔を見せまいと片手で隠した。

花火が止まると、目の中にはまだ花火の残像があり、夜空には煙が残った。

終わったのか、と思って花火大会のチラシを見ると、途中で一五分の休憩が入るらしく、今はその時間のようだった。

「伏見が帰ってきてるだろうから、会場に戻ろう」

「はい」

さらっとヒメジがまた手を繋いできた。こうしていると何だか子供の頃に戻ったような気分になる。

「諒がはぐれるので、このままでお願いします」

「何で俺のほうなんだよ」

待っていたツッコみだったのか、ヒメジがくすくすと笑った。

「また見に来ましょうね」

「まだ終わってないだろ」

そうでした、とヒメジは上機嫌に声を弾ませた。

とはいえ、花火もある程度のパターンを見てしまったので、ちょっとだけ飽きている。

俺が元来た道を辿《たど》っていると、途中で伏見を見かけた。

それはいいけど、誰か知らない大人の男二人と話をしている。

「諒、あ、あれはナンパでは……」

「そ、そうなのか」

「私にはわかります。姫奈が他人行儀な顔をしてます」

修学旅行のときのことが思い出された。

筋が通らないナンパ男の話に乗って、あとをついていってたっけ。

「あの男たちは、違う花火を打ち上げようとしているんじゃないですか」

「オッサンくさいこと言うなよ」

小耳に挟んだモテてる系男子の話で、そういうことをしたことがあるって聞いた。神社の境内《けいだい》の物陰とか河川敷とか。

一度大きく深呼吸をして、俺は大股《おおまた》で一歩一歩進み、伏見に声をかけた。

「ふしっ、伏見、お待ませ」

めちゃくちゃ噛《か》んだ。

「あ、諒くん。どこ行ってたの」

意外といつも通りの伏見だった。困っている様子もなく、怯《おび》えている様子もない。

「あ。伏見ちゃん、カレシ?」

四〇代くらいの眼鏡《めがね》をかけているオシャレな男の人が茶化《ちゃか》すように言うと、伏見が顔を赤くしながら小さくなった。

「み……みたいな感じです」

みたいな感じ? 幼馴染を、みたいなの⁉

「高城《たかしろ》さん、その手前の微妙な時期だったらどうするんスか」

もう片方の小太りの男の人が助け船を出してくれた。

「ああ、こりゃ失礼。オッサンってのは、仲が良い男女を見るとすーぐ勘繰《かんぐ》っちゃうんだ」

高城さんと呼ばれたオシャレなおじさんは「ごめんね」と俺と伏見に軽く謝った。

伏見の名前を知っていたあたり、知り合いだったらしい。

ヒメジがいない、と思ったら、少し離れたところから俺たちのことを見守っていた。

「諒くん、このちょっとぽっちゃりしている人が、アクターズスクールで講師をしてくれている橋本《はしもと》さん」

じゃないほうは、橋本さんというらしい。

「ども……」と俺は小さく会釈《えしゃく》をする。

「ごめんね。ボーイフレンドとの楽しい花火大会に」

俺たちにまた高城さんが丁寧に謝る。

「……み、みたいな感じです」

否定も肯定もしない伏見は、また赤くなって体が小さくなる。

そういや、松田さんにもヒメジとの関係を訊かれたな。きちんと俺も自己紹介をしないと。

「高森といいます。伏見とは、ボーイフレンドっていうか、ただの幼馴染です」

表情豊かにテレテレしていた伏見が、すん、と無表情になった。

ガラス玉みたいな感情のない目をしている。

状況が呑《の》み込めない俺に、講師の橋本さんが教えてくれた。

「伏見さんに、高城さんを紹介したくて。ちょっとね。今日じゃなくてもよかったんだけど、こっちに高城さんがいるって聞いたもんで」

高城さんは「幼馴染クンにも、これ」と名刺をくれた。

「ありがとうございます」

それを見ると、高城総一郎《そういちろう》、キャストスタジアムオフィス代表、とある。

「謎《なぞ》のオッサンを見る目をしていたから」

……バレている。

「さっきわたしも橋本さんに紹介してもらったんだけど、高城さんはモデルとかエキストラとかタレントのマネジメントの会社をしている社長さんなんだって」

伏見は、俺が引っかかったであろうキャストスタジアムオフィスについて説明してくれた。

てことは、芸能事務所？

言われてみれば、まとっている雰囲気が松田さんに近いものがある。浮世離れしているというか、なんというか。

それほど深い話をするつもりはなかったのか、それとももう終わっていたのか、二人は缶ビールを求めて屋台のほうへ消えていった。

入れ替わる形でヒメジがやってくる。もう一度二人が去った方角を確認するようにちらりと見た。見覚えのある人だと途中でわかったから、ヒメジは隠れていたんだろう。

「あー。藍ちゃん、どこ行ってたの。メッセージ送ったけど全然反応しないし。諒くんもだけど」

「ごめんなさい。マナーモードにしていて全然気づかなくて」

あれ。連絡しているって言ってなかったっけ。

詳しい場所までは教えてなかったのか？

「俺は電池切れで。ごめんな」

「んもうー」

牛のように伏見が声を上げた。

伏見が茉菜から連絡をもらうと、鳥越も一緒にいるというので場所を教えてもらい、俺たちは二人と合流した。

花火の後半には全員プラス茉菜が揃《そろ》い、道路の縁石に座ってみんなで花火を眺めた。

⑪ 二人だけの後夜祭

花火が終わると、茉菜《まな》はまだ遊びたいらしく、別れていた友達と合流しこれからカラオケに行くと言って別れた。

俺《おれ》たちは、鳥越《とりごえ》を駅まで送り届けた。

「今日は、胡桃《くるみ》の捜索をしてくれてありがとう。本当に助かった」

「しーちゃん全然オッケーだから気にしないで」

「そうですよ。くーちゃんが無事に見つかったんですから、それだけで十分です」

「俺たちは結局力になれなかったしな」

ふるふる、と鳥越は首を振る。

「結果の話じゃなくて、協力してくれた気持ちに、お礼を言ってる」

小声で照れくさそうに口にした。

駅までの道中、くーちゃんがどういう状況だったのか俺たちは鳥越に教えてもらっていた。

どうやら、金魚に夢中になっているうちにお母さんとはぐれてしまったらしい。一人でいるところを親切な親子連れに保護され、最終的に本部へ案内されたという。

ギャン泣きしていたのは、本部で酒盛りをしている見知らぬおっちゃんたちに囲まれていたせいだったようだ。

俺のところにも、本部からの電話があったのかもしれないけど、電池切れで確認できなかった。

「お母さんにも、みんなに『ありがとうございました』って伝えてって言われてて」

電車がホームにやってくると、俺たちは手を振って別れ、発車する電車を見送った。

空気的には解散の流れで、ヒメジが家への岐路《きろ》に立つと、

「まあ、今日はもういいでしょう」

余裕そうな笑みを残し、家路を歩いていってしまった。

「何がもういいんだろう？」

「さあ」

伏見《ふしみ》と俺は顔を見合わせ、首をかしげた。

まだ祭りの高揚感が町に残る中、伏見が家ではない方角へ進路を変える。俺は何も訊かずただついていった。

どこか目的地があったわけじゃないらしく、終バスがなくなったバス停のベンチに俺たちは座った。

「お祭り楽しかったね。藍《あい》ちゃんもいて、しーちゃんもいて」

「こういうのも、たまにはいいかな」

「だね」

伏見は下駄《げた》を脱いで足をぷらぷらさせている。

「そういや、替えの下駄あったんだな」

「ううん。これ、茉菜ちゃんの」

「茉菜の?」

「そ。サンダルに履《は》き替えて行ったら、見つかちゃって」

「あー……ファッション警察が緊急出動した、と」

「そう。『あたし別の持ってるからそれ履いて』って言われてねー」

どうりで時間がかかったわけだ。

『足下なんて誰《だれ》も見ないよー?』っていう伏見の不用意な発言が、ファッション警察の逆鱗《げきりん》に触れたのだとか。

そして高森《たかもり》家へ強制連行。伏見は浴衣《ゆかた》に不似合いなサンダルではなく下駄に履き替え、会場へ戻りましたとさ。

「一緒にお祭り会場に戻ったら、茉菜ちゃんの友達がいっぱい待っててね、全員ギャル。びっくり」

「俺は見たことないんだよな、茉菜の友達」

「それは、あれでしょ。諒《りょう》くんがギャル好きだからじゃん」

「あれは、適当に言っただけで……」

「茉菜ちゃんは、大好きなにーにを友達に取られたくないんだよ、きっと」

くすくす、と伏見は笑った。

「それで、諒くんに連絡しても全然反応ないし、花火もはじまっちゃったし、どうしようって思ってたら、橋本《はしもと》さんが声をかけてきて」

それから、俺が見かけるまであの二人組と話をしていた、と。

「あの人……高城《たかしろ》さんだっけ。あの人の事務所に入るってこと？」

「そんな急な話にはならないよ。講師の橋本さんのただの好意というか、それだけ」

「そっか。そういうところから、話が広がればいいのにな」

「うん……そだね」

声が弾んでいない。

それだけ、伏見にとってこの手の話題はデリケートなものなんだろう。

「ゴールデンウィークの舞台を見に来てくれてたみたいなんだけどね」

ぷらぷら、とまた伏見は足をぶらつかせた。

「え、伏見目当てに？」

「そんなのないない。あはは」

空元気の空笑いに、俺には見えた。

「全然覚えてなかったみたい。印象に残らなかったみたいで」

伏見が演じたのは、かなりいい役どころだった。

「舞台と普段とじゃ、違うんじゃないの？　一回きりならなおさら」

「そうならいいな」

最近の伏見は、ちょっとしたことでネガティブモードに入る。

どうにかして元気づけてあげたいけど、どうすればいいのかがわからない。

「ジュース、奢《おご》ろうか？」

「え、何で」

「それか、お菓子？」

「え、え、何何、どういうこと⁉」

混乱させてしまったらしい。

「元気ないから、食べたら元気出るかなって思って」

きょとんとすると、伏見はくすくすと笑いはじめた。

「笑うことないだろ」

「ごめんね。だって、小学生みたいだから。ふふ」

「悪かったな。励ましのレパートリーがお菓子やジュースで」

「ううん。ありがとう。それじゃあさ、お菓子とジュース買ってうち来ない？」

「伏見んち？　いいけど、もう結構遅いぞ」

「大丈夫」

そう言うので、俺たちはバス停をあとにした。

途中でコンビニに立ち寄り、ジュースやお菓子を少し買う。

伏見家へやってくると、「どうぞ」と伏見が中へ案内してくれる。

いつもは送るだけで入るのは久しぶりだったけど、記憶と大差はなかった。

「お邪魔しまーす」と言っても返ってくる声はない。

「おばあちゃん、もう寝ちゃってるかな。お父さんは、お祭りの関係で今日は遅いと思う」

役員か何かになっているらしい。

ということは、今から打ち上げでもはじまるんだろうか。

「わたしの部屋も久しぶりだよね」

「家に入ることが久しぶりだからな」

なんて会話を交わし、階段を上がって伏見が何気なく扉を開けた。

「入って。今エアコン入れ――――うにゃあ⁉」

変な声を上げた伏見が、ベッドの下に置いてあるたたまれた洗濯物に飛びついた。

「どした」

「き、気にしないで」

ぎゅっとそれを抱きかかえて、俺に背を向けたままカニ歩きで移動しクローゼットを開ける。

抱えたところから、ぴろん、とブラジャーのヒモが見え、ぱさり、とパンツが落ちた。

俺はさっと目をそらし、入りかけた部屋から一歩あとずさる。

「はっ。落ちてる⁉　み……見てなさそう。せ、セーフっ……」

独り言聞こえてるぞ。

「これでよし、と。いいよ。入って」

鳥越の部屋に続いて、伏見の部屋に入るなんて、去年はまるで想像できなかったな。

伏見が座布団を出してくれたので、遠慮なく使わせてもらう。

あんまり気にしてなかったけど、ふと自分のにおいが気になった。

「一回帰ってシャワーでもしてくればよかったな」

「汗拭《ふ》きシートでいいならあるよ」

それでいいか。

帰ってまた来るのも面倒だし、その移動で汗をかいたら意味がない。

俺は数枚伏見に汗拭きシートをもらうと、体を拭いていった。

「背中、拭こうか？」

「いや、いいよ。背中は」

「そんなに恥ずかしがらなくてもいいじゃん」

見せられるような体でもないけど、背中なら、まあいいか。

頑《かたく》なに拒否して、女子みたいって思われるのも癪《しゃく》だし。

「……じゃあ、頼む」

帯を少しゆるめてはだけさせる。上半身だけ裸になると背を伏見に向けた。

「……おんぶしてもらったときに思ったけど、諒くんの背中っておっきいんだね」

「まじまじと見るなよ」

す、す、す、と伏見の指先が背中に触れた。

「何て書いたでしょー？」

「難問すぎるだろ」

「今の気分を書いたんだけど、諒くんにはわかんないだろうなー」

「いいから早く拭いてくれよ」

「もう、諒くんってばノリ悪いんだから」

くすっと笑うと、ひんやりとしたシートの感触があった。

「諒くん、気持ちいい？」

「なんか恥ずかしい」

多少の気持ちよさもあるけど、そっちのほうが勝った。

微妙な感情を持て余していると、伏見が俺を覗《のぞ》き込んだ。

「ふふふ。諒くんが照れてる」

「照れてねえよ」

うるせえな、と俺はにやけ顔を追い払った。

拭く前と後では気分が全然違う。

冷風に包まれているかのような爽快さがあった。

俺が浴衣を着直すと、伏見が腰を上げた。

「わたしはシャワーしてくるね」

「あ、おう……」

二人きりの部屋で、そのセリフを聞かされると意識しないではいられない。

「あとでお願いあるの。聞いてくれる？」

「内容によるよ」

「わかった。じゃあ、ぱぱっと済ませてくるね」

クローゼットの前に立ち、俺をちらっと盗み見ると、胸に何かを抱いた伏見は――たぶん下着だろう――また俺に背を向けてカニ歩きをする。

すると、ひらり、と白い布がこぼれて床に落ちた。

「ひゃあっ⁉」

しゅばっと目にも止まらぬ早さで回収した伏見は、耳を赤くしたまま何も言わず部屋から出ていった。

……あの反応……落としたのはパンツだったのか。

「けど、改まってお願いってなんだろう」

状況的にはエロいことしか思い浮かばない。

そんなお願いをするようなタイプじゃないってのは、俺がよく知っているんだけど。

この前、終着駅で交わした約束も、改まって言う内容ではないように思えた。もしかすると、俺が勝手にそう思っているだけで、伏見にとっては最重要事項だったのかもしれない。

座布団に座りっぱなしもそわそわするので、気を紛《まぎ》らわそうと本やＤＶＤが詰まっているカラーボックスの前まで行き、背表紙を眺める。

ＤＶＤ、めちゃくちゃある。最近のタイトルから、年代的に古いものも。本当に好きなんだな。

興味を引くものがなかったので、自然と視線は別の場所へと移った。

勉強机は、俺と違い綺麗《きれい》に整理されている。

小学生の頃《ころ》から使っているもので、俺も見慣れたものだった。

机に保護用のマットを敷いているのも変わらない。夏休みの宿題一覧をまとめたプリントをそこに挟んであり、終わった宿題には斜線が引いてある。……てか全部終わってるな。

そういや、前はここに写真が――。

「……あれ？　写真がない」

一歳かそれくらいの伏見と両親と祖父母の五人の写真があったのに。

きっとアルバムかどこかに移したんだろう。

小学生の頃に写真を見た俺は、この人が伏見の母親なんだって思ったことを覚えている。

俺は会ったことがないけど、すごく綺麗な人だった。

伏見から話を聞いたことがなかったので、訊いていい話じゃないんだな、と子供心に思ったのも覚えている。うちの父親みたいに亡くなっているのかもしれないし、興味を持たないようにしていた。

幼稚園に迎えにくるのは、うちは母さんだったけど、伏見んところはお父さんかおばあちゃんだった。だから、その頃にはもう母親はいなかったんだろう。

机に備えつけられた棚には、教科書や資料集やノートが収まっていた。

どこに何があるのかわかりやすいようにしてある。

その中に、一冊だけ古いノートを見つけた。

引き抜いてめくってみると、古書の埃《ほこり》っぽいにおいがする。授業のノートというわけではなさそうで、日付のあとに数行の日記のようなものが書かれていた。

日付は、俺が生まれるよりも前。

いくつか読んでいくと、一人称が「私」となっていて女性っぽい字だった。伏見の母親の日記かもしれない。

「心良」の単語をところどころ見かける。

心に良い、でシンラと読む――。

小学生の頃、簡単な漢字だからと母さんが俺にそうやって教えてくれた。

……珍しい名前だからそう何人もいないだろう。

日記に「シンくん」と書いている箇所もある。「心良」の地元も、俺が聞いている父さんの地元と同じ。

色んなことが頭を巡って、ページをめくる手が止まった。

そもそも人の日記だ。

許可なく勝手に読まないほうがいいに決まっている。

俺は日記を閉じ、元の場所にノートを戻した。

「お、お待たせ」

伏見が戻ってきたのはそれからすぐだった。

「おう。早かったな――って、浴衣がめちゃめちゃじゃねえか」

俺はすぐに違うところに目をやって指摘した。

「だって、おばあちゃんにやってもらったけど、もう寝ちゃってるし――、でも諒くんをこれ以上待たせるわけにいかないし――」

苦渋《くじゅう》の選択だったらしい。

一応下着の部分は隠れているけど、肌色が多くて目のやり場に困った。

すぐそこにタオルケットがあったので、伏見に放り投げ、それを纏《まと》ってもらうことにした。

はあ、と俺は安堵《あんど》のため息をつく。

これでまともに話せる。

「それで、お願いって何?」

「ああ、うん……えっと」

言いにくそうに伏見がもじもじすると、意を決したように口にした。

「夏なら、やっぱり、コレかなって……」

カラーボックスからＤＶＤをひとつ取り出した。

……ホラー映画だった。

「一緒に見て!」

「あっち系のお願いじゃないとは思ったけど、そういうことか」

「あっち系?」

首をかしげる伏見に、俺はううん、と首を振った。

「一人で見ていると怖くて途中でやめちゃうんだけど、諒くんとなら、最後までいけるかなって」

俺だってホラーが好きってわけじゃないんだけどな……。

とはいえ、頼られると断れない。

日付が変わろうかという時間にホラー映画を見るのは勇気がいるけど、断る選択肢はなかった。

「い、いいよ。見よう」

「やった」

伏見の部屋にはテレビがないので、どうするのかと思っていたら、お父さんのノートパソコンをあらかじめ借りていたらしく、すでに用意していた。

……呆《あき》れるくらい準備がいいんですね、伏見さん。

小さなテーブルを出し、そこに載せたパソコンにディスクを読み込ませる。

伏見はさっそくクッションを構えて、いつでも画面を遮《さえぎ》れるようにスタンバイしていた。

「怖くなったら隠すから。大丈夫になったら教えてね」

「見る意味あるのか、それ」

怖がるのを楽しむのがホラーだと俺は思うんだけど。

まあ、楽しみ方は人それぞれっていうことにしておこう。

映画のチャプター画面が出ると、雰囲気抜群のワンシーンが流れて、ビクンッと伏見が硬直する。

「もう無理かも」

「え、早」

少し空いていた距離を詰めて、伏見が密着してきた。俺の腕を抱くようにしてぎゅっと摑《つか》んでいる。

「これならちょっと安心かも。諒くんの体温があるから」

「急に氷みたいに冷たくなったりして」

「やめてっ」

この程度で怖がるのに、何でホラー見たいんだよ。

「再生するけど、いい？」

「……う、うん」

伏見は薄目で画面を見ている。めちゃめちゃホラー対策をしていた。

映画を再生すると、暗い雰囲気の中ストーリーが進んでいく。俺が撮っている作品ではまず見かけない演出だったり、構図だったり、作りがまるで違うのでそういった意味でも面白《おもしろ》い。

その間伏見は、「ぎゃっ！」「いやあん……」「にゃあ⁉」「もぉぉぉ……」と短い悲鳴を上げては、また捉《つか》まっている腕をぎゅっとした。

俺も怖かった。来るぞ来るぞ来るぞ、ドン、っていうのも怖いし、いきなりのパターンもあって、色んな怖がらせ方をしてくる。

伏見はタオルケットがあるからと油断しているからか、浴衣がはだけているのを忘れているらしい。白いブラジャーがちょっと見えてるんだよ……。

映画は怖いし、隣見りゃこうなってるし、どういう感情でいればいいんだよ。

「ももも、もう無理です、ごめんなさい」

俺ももう色々と無理だった。

伏見がいつの間にか半泣きだったので一時停止を押す。

「苦手なら無理に見なくてもいいのに」

「うん……そうなんだけど、ちょっとね」

DVDを取り出し、パソコンをしまう。買ってきたお菓子を広げて、小腹が空《す》いた俺たちはちまちまと食べはじめた。

「実はこれ、お母さんが持ってたDVDなんだ。わたしが買ったのもあるけど、八割くらいはお母さんのやつ」

「へえ」

あの日記を持っているってことは、伏見は、母親とうちの父さんがどんな関係だったのか、知っているんだろうか。

日記を読んでしまった後ろめたさもあって、その話題を切り出すことはできなかった。

「どんな人だったのか、わたし全然知らなくて。映画の好みでどんな人かわかるのかなって思って、色々と見ているところなの」

「なるほど。その中にさっきのホラー作品があったのか」

「そゆこと」

伏見が興味を持つのは自然なことだろう。

俺だって、小さい頃に亡くなった父さんがどんな人だったのか、興味がある。

「ちっちゃいときは、いないって聞かされていたけど、後で知ったらただの離婚だったみたい。子供に説明するには難しいもんね。おばあちゃんが、あまりよく思ってないみたいだったから、なかなかその話が訊けなくて」

高校生になったあたりで、父親から母親の存在を聞かされたそうだ。倉庫に私物をまとめた段ボールがいくつかあることも教えてもらい、伏見はそこにあった映画のＤＶＤやビデオテープを見つけたという。

……もしかすると、あの日記は段ボールのどれかに入っていたんじゃないだろうか。

それからは、俺が作る映画の話をお菓子をつまみながら話した。

「諒くんが作る映画には、わたしが常に出るんだね」

と、伏見は上機嫌に言った。

やがてしゃべるよりも無言の時間が長くなり、お互い眠くなったのがわかったので、俺は伏見家をお暇《いとま》することにした。

⑫ エンドロール

伏見《ふしみ》家から高森《たかもり》家へ帰ってきた。

家の玄関に鍵《かぎ》はかかっておらず、ダイニングのほうに明かりがついているのがわかる。

靴を見ると、どうやら母さんが仕事から帰ってきているらしい。

ダイニングのほうへ顔を出すと、母さんは録画していたドラマを見ながら、茉菜《まな》の作った昼飯の残りをあてに缶ビールを飲んでいるところだった
「不良がいる。不良が。こんな時間まで何してたの」

「いいだろ、別に」

「お祭りだからってはしゃいじゃって～。変な花火打ち上げてないでしょうねー?」

「何なんだよ、そのオッサンくさい例えは」

ヒメジも似たようなことを言ってたけど。

冷蔵庫に入っていた麦茶を飲みながら「今日夜勤じゃないの?」「夜勤は二種類あるからねー」と簡単な会話を交わす。

ふと、あの日記のことが頭をよぎった。

「……父さんって、地元どこだっけ」

「どこって、何、今さら。お盆やお正月は、あっちのおじいちゃんちに何回も遊びに行ったことあるでしょー」

……だよな。うん。そこでいいんだよな。

てことは、やっぱり日記に出てきた心良は、父さんのことだ。

「今日伏見たちと祭りに行ってて」

「姫奈《ひな》ちゃんと花火見た？」

「伏見だけじゃないけどな」

「フゥ～青春～」

「うるせえな。そういうの要らねえんだよ」

イイ歳《とし》こいて何でクラスメイトみたいな冷やかし方するんだよ。

やれやれ、と俺《おれ》は一度息を吐く。

「伏見の母さんの話になった。なんか知ってる？　俺全然知らないんだけど」

「あー。聡美《さとみ》さん？　あたしも大して知らないけど、綺麗《きれい》な人でね。仕事が忙しいか何かで、家庭を放り出して姫奈ちゃんを置いて出ていったって、話だけど」

伏見のおばあちゃんもよく思ってなかったって話だから、外から見てもいい印象はないようだ。

「まあ、世間ではどうか知らないけど、近所での評判はよくなかったわね」

「世間？」

「そ。世間」

「うちと伏見家って、最初から仲良かったの？」

「そりゃーまあね。お父さんと聡美さんが昔馴染《なじ》みだったらしいから。たまたまあんたたちも同い年だし、聡美さんとあたしは今で言うところのママ友的な存在でもあったわよ」

「昔馴染み？」

「あんたと姫奈ちゃんみたいな幼馴染だったみたい」

父さんと、伏見の母親が――？

だから家が隣同士でもないのに親交があったのか。

「仲良かったってこと？」

「さあ。あたしは、詳しく知らないけど」

さっきまで俺をからかっていた人とは思えないほど、素っ気ない言い草だった。

母さんは残りのビールをぐいっと呷《あお》り、「つまんないドラマ」とぼそっとこぼす。

どうつまらないのか、逆に気になり、俺も残りの数分をなんとなく見ていた。

エンドロールが画面下に流れる中、テレビの中の演者たちは芝居を続けている。

キャストのところに、芦原《あしはら》聡美とあった。

さとみ……？

じっとテレビを見つめていると母さんが指差した。

「この人よ。芦原聡美。姫奈ちゃんのお母さん」

あとがき

こんにちは。ケンノジです。

私事ですが新居に引っ越しをします。

この巻が刊行されている頃にはもう落ち着いているはず。

あとがきを書いている7月現在では、要らない服や使わない雑貨などを容赦なく捨てているところです。

このマンションは1年半ほどしか住んでいないのですが、固定回線が使えない部屋だったんです。よく「光回線○○使えます!」みたいなチラシが入ってたりしてるんですが、引っ越した当初、方々手を尽くしたんですが、どうしても固定回線を引っ張れない、と。ピンポイントで自分の部屋だけ無理で。まあー、嫌でしたね。

引きこもりユーチューブ垂れ流しマンからするとストレスフルな日々でした。

まあ仕方ないのでポケットWi-Fiを固定回線の代用として使用していたんですけど、案外慣れるもんです。ユーチューブや動画配信サービスの画質は低く設定すれば、意外といける。

画質や音質は慣れれば困らない。ただネット対戦のFPSゲームとかはまともにできないいんですけどね。

新居では存分に最高画質で動画見れるんだなと思うとワクワクしかしないです。

ご近所トラブルないといいな……（切実）。


ご覧の通り、「S級幼馴染《おさななじみ》」は5巻まで続けられました。

3巻続けば成功とされる中、シリーズがここまで続けられるのは大変嬉《うれ》しく思います。

イラストをご担当いただいているフライ先生や編集者様、その他関係者の皆さまには感謝しかありません。

もちろん、一番は買って読んでくださっている読者様のお陰です。


どこまで続けられるかわかりませんが、次の巻も尽力いたします。

また読んでいただけると嬉しいです。

それでは。

ケンノジ

ファンレター、作品の
ご感想をお待ちしています

〈あて先〉

〒106－0032
東京都港区六本木2－4－5
SBクリエイティブ（株）
ＧＡ文庫編集部 気付

「ケンノジ先生」係
「フライ先生」係

本書に関するご意見・ご感想は
右の QR コードよりお寄せください。

※アクセスの際や登録時に発生する通信費等はご負担ください。

https://ga.sbcr.jp/

痴漢《ちかん》されそうになっている
Ｓ級美少女《エスきゅうびしょうじょ》を助《たす》けたら
隣《となり》の席《せき》の幼馴染《おさななじみ》だった５

発　行　　2021年10月31日　初版第一刷発行
著　者　　ケンノジ
発行人　　小川　淳

発行所　　SBクリエイティブ株式会社
〒106−0032
東京都港区六本木2−4−5
電話　03−5549−1201
03−5549−1167（編集）

装　丁　　木村デザイン・ラボ

印刷・製本　中央精版印刷株式会社

ISBN978-4-8156-1005-0
Printed in Japan　　GA文庫

試読版は
こちら!

試読版は
こちら!